Шаг за шагом.

Глава первая.

Одиннадцатый участок жил повседневной суматошной жизнью - туда-сюда сновали полицейские, звонили телефоны, озирались по сторонам посетители, разыскивающие нужную дверь, и посреди этого хаоса, можно сказать, являясь его эпицентром, у стола старшего инспектора Деррика сидела, поигрывая ресницами, роскошная рыжеволосая девица с ногами, растущими едва ли не от самой шеи.

Казалось, плутовка и не подозревает, какой ажиотаж вызвала своим видом – а посмотреть здесь, верьте слову, было на что! Фигура, предмет зависти любой фотомодели, высокая грудь, короткая маечка, открывающая как мраморные плечи, так и проколотый пупок, джинсовые шортики с бахромой, и ноги, великолепные, стройные, загорелые ноги, обутые в шнурованные белые босоножки на невероятном каблуке … немудрено, что в зале толпилось в три раза больше народа, чем обычно.

Единственным человеком, не обращавшим ни малейшего внимания на все эти сокровища, был сам Дастин Дэррик – хмурый двухметровый детина, являвшийся, к слову, родным братом Джессики. Родители зачали его на семь лет раньше, и, будучи старшим, он ощущал постоянную ответственность за непутевую свою сестрицу .Удовольствие ниже среднего, прямо скажем, нечто вроде ярма на шее… но, как говорится, у каждого свой крест. Его крестом была, похоже, эта ветреная девчонка.

Зная сестру, как свои пять пальцев, Дастин не обольщался, что она слушает и слышит его слова – нет, ангельское выражение лица и изредка пробегающая по губам легкая улыбка свидетельствовали лишь о том, что она наслаждается своей ролью – ролью Вечного Мужского Соблазна.

-Ну вот что, прелесть моя,- прошипел он, вконец разозленный,- два раза я сумел отмазать тебя от тюрьмы, на третий не стану и пытаться, так что будь добра, оставь свою привычку красть в магазинах все , что плохо лежит!

- Но, Дастин,- встрепенулась Джессика,- ты несправедлив! Я никогда не беру того, что плохо лежит, какой в этом толк? Адреналин поступает в кровь только тогда, когда мне удается увести что-нибудь из-под самого носа у охранника. Это здорово, клянусь тебе, это просто потрясающе! Жаль, что ты сам так и не решил попро…

- Ты в своем уме?!- рыкнул Дастин.- отец перевернулся бы в гробу, узнай он, что ты крадешь из супермаркетов!

- Ну ладно, посади меня в тюрьму,- покаянно вздохнула она, но,не умея долго хранить показное смирение, тут же весело захихикала.

- Посадят и без меня, если снова попадешься,- не принимая игры, жестко подытожил инспектор Дэррик.- О чем ты только думаешь, дуреха? Я рискую собственной шеей, вытаскивая тебя из чертовых передряг по три раза в неделю … хочешь, чтобы я потерял работу? Кстати, почему бы тебе не найти занятие по душе, допустим, не выйти замуж ? Многие в твоем возрасте уже нянчатся с детьми и чувствуют себя счастливыми.

-А в твоем возрасте некоторые уже имеют внуков,- фыркнула Джессика,- если ты не хочешь связывать себя, почему я должна совать голову в эту петлю?

-Ладно, неважно. Так что, мы договорились?

- О чем?- широко распахнув глаза, она с недоумением заглянула ему в лицо.

- Джесс, черт тебя дери, я потерял кучу времени, пытаясь наставить тебя на путь истинный … видит Бог, ты и в самом деле заслуживаешь наказания!

- Успокойся, милый,- приподнявшись со стула, она небрежно чмокнула брата в щеку,- с воровством из магазинов покончено навсегда. Займусь кражами из музеев. Ты ведь не упоминал о музеях, правда? Увидимся!..

Покачивая бедрами чуть сильнее, чем нужно, она пошла к выходу, и восхищенный шепоток шлейфом пополз следом.

Застонав, словно от зубной боли, Дастин спрятал лицо в ладонях.

- Сердцем чую, сюрпризов еще будет много,- вполголоса пробормотал он.- Черт, детка, возьмись наконец за ум!

Глава вторая.

…Прохлада, навеваемая кондиционерами, сменилась влажной духотой полуденных нью-йоркских улиц. У людей, бредущих куда-то по жаре, были бессмысленные лица и остекленевшие глаза лунатиков, но Джесс чувствовала себя здесь как рыба в воде. Стоило ей на миг приостановиться около потного толстяка, сосущего из раскаленной банки готовое закипеть пиво, как его бумажник, оттопыривавший задний карман брюк, мгновенно перекочевал в ее сумку.

Не дожидаясь, пока пропажа будет обнаружена, Джессика двинулась дальше, свернула в магазин, торгующий косметикой, выбрала помаду поярче, и пока нерасторопная продавщица искала сдачу, сперла флакон дорогих духов.

Снова очутившись на улице, Джессика задумалась. Жара стала совсем нестерпимой, каменные джунгли раскалились едва ли не докрасна – шататься по городу не хотелось, и она приняла решение поехать домой и передохнуть, часок-другой соснув в холодке. А вон как раз и такси!..

Обогнув пижона в белых брюках, нагнувшегося за своим чемоданчиком – такси остановилось на его зов, но ведь это сущие пустяки, не так ли?..- Джессика первой нырнула в салон.

- Челси-роуд, десятка,- скомандовала она, устраиваясь поудобнее.

- Позвольте!- возмутился пижон, ураганом врываясь следом,- у меня важная встреча, я не могу ждать … В конце-концов, это я был первым!

Пижону повезло. Будь у него рыжие прилизанные волосы и красная, распаренная от жары рожа, Джессика не стала бы стесняться, и поговорила с ним, не выбирая выражений, но дело в том, что брюнеты всегда нравились ей больше шатенов, или, упаси Боже, блондинов …а парень, усевшийся рядом с ней, мог дать пару тысяч очков форы всем брюнетам Нью-Йорка вместе взятым.

Смуглая кожа, классический, с горбинкой, нос и выразительные черные бархатные глаза обличали в нем типичного южанина – француза или итальянца.Она не очень-то разбиралась в подобных тонкостях, и вместо этого с замиранием сердца разглядывала вьющиеся густые волосы с синим отливом, волной ниспадавшие на плечи …Да что говорить! Даже его ресницы могли стать для какой-нибудь впечатлительной девушки предметом грез и ночных рыданий в подушку.

Белоснежная сорочка оттеняла и подчеркивала золотисто-коричневый цвет кожи…хотелось бы Джесс добиться такого ровного, мягкого загара для себя!

Короче говоря, парень в ее глазах выглядел совершенством . Стоит ли удивляться, что она улыбнулась ему, выбрав самый подходящий способ из своего арсенала – улыбку, от которой трепещут ресницы и на щеках появляются соблазнительные ямочки.

-Поверьте, я не хотела,- нежным голосом проворковала она, доверительно касаясь его руки кончиками пальцев,- никак не хотела вас обидеть!..

- Ничего, я не в обиде,- мгновенно растаяв, улыбнулся он.- Куда вы собирались ехать?

-Нет-нет, я не тороплюсь, а у вас, кажется, важная встреча,- сделала она пробный ход, и едва сумела сдержать торжествующую улыбку, когда он проглотил приманку с жадностью голодного карася. Видимо, Джессика тоже оказалась в его вкусе.

- Ну, не настолько важная, чтобы я, стремясь загладить свою бестактность, не мог просить вас оказать мне честь выпить чашечку кофе где-нибудь в прохладном месте …или, быть может, вы предпочитаете мартини со льдом?

- Со льдом и ломтиком лимона,- лучезарно улыбнулась она.

Такси рванулось с места и, спустя минут семь, остановилось у отеля «Ройал-палас». Джессика задохнулась от восторга. Похоже, ей повезло, и ее новый знакомый при всей своей сногсшибательной внешности окажется еще и миллионером!..

В баре им не понравилось – слишком много народа спасалось здесь от жары, и Роберто – его звали Роберто – предложил подняться к нему в номер. Такой вариант подходил Джессике как нельзя лучше, с девственностью она распрощалась лет десять назад, еще в школе, да и приключение обещало стать таким интересным… Подавив в душе желание с восторгом согласиться, она вспомнила о правилах приличия и для вида немножко поломалась, изображая трогательное смущение и нерешительность. Как видно, Роберто тоже в этом немножечко разбирался – пылко поклявшись, что войти у нему в номер безопаснее, чем в церковь, он повел Джессику к лифту.

Поначалу они вели себя как тинейджеры, впервые оставшиеся наедине, но стоило входной двери с мягким шлепком захлопнуться за их спинами, и показное смущение исчезло, уступив место подлинной страсти.

Одежда слетела с Джесс с легкостью луковой шелухи. Оставшись в прозрачных трусиках, она позволила неистовому итальянцу целовать свою грудь, успев подумать, что грядущее соитие с незнакомым мужчиной сродни ограблению банка … ну, если пользоваться привычной шкалой ценностей, конечно!..

Восхищенный ее божественным телом, Роберто распалился не на шутку, но Джессика, умеющая обещать так много, что даже у заядлых скептиков кружилась от восторга голова, успокоила его несколькими вкрадчивыми фразами. Позже, дорогой, немного позже, ты так горяч и нетерпелив, что я теряюсь – именно так переводилась на язык обычных людей та причудливая смесь из томных вздохов, трепета ресниц, с придыханием вымолвленных междометий и легких касаний …как всегда, это подействовало безотказно. Мужчины легковерны, как мотыльки!..

Немного остыв, Роберто сделал заказ в номер – лучшее шампанское, фрукты, клубнику со сливками, и, в последний момент, лобстера для Джессики. Она в это время, не дав себе труда чем-нибудь прикрыться, и немало не стесняясь своей наготы, разгуливала по просторам отведенных ему покоев.

Осмотрев гостиную, она перешла в спальню и, заинтересовавшись женским портретом на ночном столике, взяла его в руки, желая рассмотреть изображение поближе. Девушка, изображенная на снимке, была молода, очаровательна и, судя по тому, что Роберто поместил ее фотографию с серебряную рамку, много для него значила.

В душе Джессики вспыхнуло внезапное раздражение…или то была ревность? Она сос стуком поставила рамку на стол, повернулась к ней спиной и тут же встретилась глазами с Роберто, с улыбкой наблюдавшим за ее действиями.

-Это Одетт, моя невеста,- счел нужным пояснить он.

- Француженка? -отрывисто спросила Джессика лишь для того, чтобы хоть что-нибудь сказать.

- Да, как и я.

- Я думала, ты итальянец.

- Итальянцем был мой отец, но вырос я во Франции, с матерью. Мы жили …
- Да-да, очень интересно,- фыркнула Джессика, прервав его на полуслове.- ладно. Мне пора.

- Брось,- возразил он, притягивая ее к себе.- не будем портить друг другу праздник. Сейчас ведь со мной ты, а не она, верно?

Натянуто улыбнувшись, Джессика позволила ему поцеловать себя в краешек губ, но на поцелуй не ответила. Мысль ее лихорадочно работала, в мозгу щелкал арифмометр, просчитывая ситуацию.

В номере много ценностей. Если нейтрализовать этого болвана, можно кое-чем поживиться. Специально для таких случаев она носит в косметичке снотворное. В полицию он не пойдет, скандал раздувать не захочет – для парня, живущего в дорогущем отеле, пропажа бумажника не бог весть что. А если он вздумает заложить ее, если заявит о краже в полицию, что ж, у нее в запасе будет оружие покруче атомной бомбы …решив всласть покуражиться, Джессика улыбнулась своей знаменитой улыбкой, и ямочки заиграли у нее на щеках.

- Может, займемся любовью в джакузи?- предложила она, прижавшись к нему твердой, вздымающейся толчками грудью.- у тебя ведь в номере … есть джакузи?..

- Ты сводишь меня с ума,- шепнул он, подхватывая ее на руки.

Сознание Джессики застилала пелена. Этот парень … да ведь они созданы друг для друга! Ах, если бы не эта дурацкая фотография – все могло бы быть по-другому, все сложилось бы замечательно…просто лучше некуда!

В отчаянии от того, что готова уступить ему прямо сейчас, уступить несмотря ни на что, она сделала мощное усилие, пытаясь сбросить наваждение и, не придумав ничего лучше, решила привнести в сказку немного жизненной прозы:

- Отлично, милый, жди меня в воде, договорились? Я ненадолго отлучусь, мне нужно опорожнить кишечник … ты ведь не против?..

Оказавшись на свободе, она разыскала свою сумку, извлекла заветные таблетки и, дождавшись стука в дверь, приняла доставленный заказ. Разлить шампанское по бокалам было делом одной минуты, подмешать снотворное и вовсе доля секунды, и не успел Роберто как следует соскучиться, как Джессика вновь оказалась в его объятиях.

- За знакомство!- провозгласила она , стараясь не перепутать бокалы.

Они смеялись, целовались , брызгали друг на друга водой , но если Роберто , не ожидая подвоха, расслабился по-настоящему , то Джессика , все это время вынужденная притворяться веселой , внутри была как натянутая струна.

Прошло минут десять , и вот Роберто запнулся раз, другой , зевнул , невнятно попросив прощения , глаза его закрылись, голова скатилась на плечо – он спал. Джессика всегда пользовалась отличным снотворным!

Выбравшись из ванны, она замешкалась. Если он утонет, полиция обвинит ее в убийстве, а убивать красавчика отнюдь не входит в ее планы.

Подтянув Роберто повыше, она удостоверилась, что он не свалится в воду и, после короткой борьбы с собой, поцеловала его закрытые глаза. Одетт так Одетт, ничего не попишешь!.. Ему Одетт, ей – деньги, так будет справедливо.

Быстренько приведя себя в порядок, Джессика взялась за дело. Открыть кейс ей не удалось, тащить его с собой она не хотела, слишком уж велика опасность попасться. Оставался лишь пухлый бумажник, которым она тут же завладела. Вместе с бумажником на ее ладонь вывалился крохотный мобильный телефон. Расстаться с игрушкой не было сил, Джессика обожала подобные штучки, поэтому, не теряя времени на раздумья, сунула телефон в задний карман шорт.

Она уже собиралась уходить, взялась за дверную ручку – к сожалению, никаких других ценностей в номере не оказалось, придется довольствоваться малым, и вдруг вспомнила о главном. Портрет этой, как ее там…

Вернувшись в спальню, она разобрала рамку, поднесла фотографию ко рту, и, сложив губы сердечком, оставила жирный оттиск своей пурпурно-красной губной помады на обратной стороне снимка. Стоит Роберто поднять шум, и Одетт узнает о его нью-йоркских похождениях.

Одетт…Собрав рамочку снова, Джессика вгляделась в лицо счастливой соперницы. Кем может быть эта девушка – актрисой, дочерью мультимиллионера, сколотившего свое состояние на продаже памперсов, другом детства или продавцом гамбургеров на бензоколонке? Красива – может быть, юна и свежа – допустим, но ведь красоток хоть пруд пруди … наверное, дело все-таки в больших деньгах, решила Джессика. Брак по расчету - вот как это называется. Ну и ладно, и пусть …к черту обоих! Точка!

Глава третья.

Выскользнув из номера, она прошла, бесшумно ступая, по мягкому пушистому ковру, гасящему звук шагов, миновала лифт и начала спускаться по лестнице. Если хочешь спрятаться, вылезай на видное место – для краж в гостиницах это правило незаменимо. По черной лестнице и грузовому лифту взад-вперед носится персонал, они начнут пялить на нее глаза и наверняка запомнят, в лифте можно нарваться на бдительного остроглазого менеджера , натасканного, как борзая собака, на обнаружение чужаков на своей территории, но лестница - величайшее изобретение человечества - лестница абсолютно безопасна в этом отношении. Люди ленивы по своей природе, скоростные лифты отучили их ходить по ступенькам , а это значит , что вероятность неприятной встречи сведена практически к нулю.

Успешно миновав минное поле – вестибюль. на ее счастье занятый чирикающими как воробьи японцами , Джессика вышла на улицу. Все было как всегда, и если бы не ощутимая тяжесть в кармане , случившееся могло показаться сном. Минуту спустя подкатил автобус, она дождалась звонка и запрыгнула внутрь. Ужом проскользнув меж смыкающихся створок, она уселась у окна, положила ногу на ногу и затеяла сама с собой весьма нелицеприятную беседу.

- Джесс, ты дура.- ныло закомплексованное, занудное «Я»,- влюбляться в чужих женихов почти то же самое, что становиться на пути мчащегося поезда. Если по рельсам и не размажет, покалечит все равно здорово зачем тебе это надо?

- Но ведь другим удается отвоевать парня чуть ли не в день свадьбы!- твердила легкомысленная половинка ее существа.- заполучить чужого жениха ни капельки не труднее чем кого-то другого нужно только приложить побольше старания. Вечно ты ноешь. Отстань! Сама же видишь что все кончено!..

- Нет , не кончено, не кончено, - бухтело первое.- если бы ты не надеялась встретить его снова то не взяла этот дурацкий телефон, по которому он в любой момент может тебя разыскать. И прекрати врать, что обожаешь ворованные мобилки , по которым нельзя никому звонить!..

Неизвестно , чем могло кончится дело, но тут автобус затормозил у нужной ей остановки , и Джессика вышла , отложив самокопание на потом.

Грязный переулок был совершенно пуст, если не считать пары драных кошек, копавшихся в помойных ящиках. В таких местах Джессика любила потрошить свои трофеи – полиции никогда в жизни не удастся перелопатить горы здешнего мусора в поисках выброшенного бумажника.

Вытащив пачку денег, она первым делом избавилась от улик – теперь никто не докажет , что она слямзила чей-то там бумажник! Увесистая пачка приятно оттягивала руку …ну-ка, сколько там хотя бы примерно? Рассмотрев деньги поближе, она не смогла сдержать стон – зеленоватые бумажки, так похожие на доллары, оказались банкнотами неведомой страны … игрушечными, ненастоящими деньгами!

Беззлобно выругавшись, она повертела в руках бесполезную бумагу – похоже, из них двоих остаться в дураках выпало вовсе не ему, а ей. Роберто будет хохотать как умалишенный, воображая себе ее глупый вид…вот дьявол! Неудачи подобного рода способны расстроить кого угодно!

Она совсем было собралась выбросить свой ненужный улов, как вдруг прямо за спиной загомонили голоса, и две горячие, влажные от пота большие ладони, просунувшись у Джессики подмышками, весьма бесцеремонно и грубо ухватили ее за грудь.

Взвизгнув, джесс извернулась как ящерица, рванулась всем телом – и оказалась лицом к лицу с тремя парнями, явно настроенными как следует позабавиться.

- Черт вот это сиськи!..

- Клеевая телка!..

-Ах ты моя куколка,- прогнусавил тот, что стоял ближе,- ну иди же, иди к папочке, не пожалеешь!..

Глава четвертая.

…Шарахнувшись в сторону, Джессика ударилась спиной об стену, не удержавшись на ногах, проехалась плечом по шершавой поверхности, увидела ослепительно яркую белую вспышку и…шлепнулась в пыль посреди длинной, петляющей меж холмами дороги.

- Нич-чего не понимаю,- буркнула Джессика, оглядываясь по сторонам,- они кокнули меня, что ли? Неужели я в раю?..

Она попыталась встать, надавила коленом на острый камушек и вскрикнула от мгновенной пронзительной боли.

- Так, ясно, щипать себя нет никакого смысла, боль я чувствую, а это значит …это значит …черт побери, да что бы это могло значить?- вскипела она вдруг.

Ответа, увы, не последовало. Насколько хватало глаз, вокруг простиралась совершенно безлюдная незнакомая местность. Рощи, луга, холмы, незаасфальтированная дорога, узкая, как одна-единственная колея восьмирядных современных шоссе, привычных городскому жителю … Джессика стоит здесь добрых две минуты и за это время ни в ту ни в другую сторону не прошло ни одной самой завалящей машины! Неужели где-то в мире еще остались такие вот девственные уголки? Один – два, не больше, решила она , начиная постепенно проникаться спокойствием, разлитым в воздухе.

Дышалось легко . Вечный смог сменился нежным ароматом трав и каких-то неведомых цветов, алеющих повсюду. Нещадно палило солнце, но эта жара была сухой и абсолютно не походила на влажную, душную как вата, жару Нью-йорка. Заливисто пели птицы, кувыркаясь от радости бытия в раскаленном добела небе, и Джессика вдруг почувствовала , что ее неожиданное приключение начинает ей нравиться.

- Я буду не я , если не извлеку из этой прогулки максимум пользы , - сказала она себе,трогаясь в путь.

Спустя сто метров оказалось , что даже самая прекрасная роза имеет шипы – настоящим бичом для нашей отважной путешественницы стала пыль , зловредная белая пыль, вздымавшаяся клубами при каждом шаге и оседавшая на лице, плечах ,волосах… так что уже через двести шагов Джесс стала похожей на горе-мельника ,чихнувшего над раскрытым мешком муки. Теперь ее не радовало ни пение жаворонков , ни стрекотание кузнечиков , ни удивительной красоты пейзажи , открывавшиеся при каждом повороте.

- Я хочу в душ , - ворчала Джессика , отплевываясь, - я хочу кока-колы … я устала черт побери!

Как и положено в любом порядочном сне, ее стенания возымели неожиданный успех – совсем скоро дорога свернула в дубовую рощу. Деревья здесь росли вековые, в три обхвата , и Джесс с наслаждением вдохнула ставший прохладным воздух.

Впереди блестела серебряная лента – искрясь на солнце и перепрыгивая с камня на камень , бежала удивительно настоящая речушка. Убедившись, что не нарушает границ частных владений, Джессика первым делом сбросила свои супердорогие босоножки – для города они, конечно, подходили, но здесь, на природе, были совершенно неуместны.

Избавившись от шортиков и топа, она осталась в своем любимом наряде - кружевных трусиках, попробовала воду ногой, взвизгнула, ощутив обжигающий холод и , не раздумывая больше , с разбегу кинулась вплавь. Ее визг и хохот звенели над водой, разносясь далеко по округе – Джессика плавала брассом, ныряла и переворачивалась на спину . Ни один бассейн в мире не мог сравниться с этой чудесной речушкой!..

Немного утомившись, лениво взмахивая руками, она плыла к берегу. У самых камышей перевернулась на живот, встала, и стоя по колено в воде , принялась отжимать волосы. Короткое выразительное покашливание заставило Джессику глянуть вперед.

Поначалу она не поверила своим глазам – у того самого места, где была сложена ее одежда , стояли шесть оседланных лошадей. Они фыркали , прядали ушами и переступали по песку своими тонкими изящными ногами.

Джесс не боялась лошадей – гораздо хуже , что в седлах сидели всадники , ни много ни мало, шестеро мужчин, и все они, не отрываясь смотрели на нее - кто с восторгом ,кто с осуждением. Джессика инстинктивным жестом прикрыла руками грудь - холодная вода, обозначая соски,- всегда делала ее грудь чертовски соблазнительной.

За все остальное она не переживала - пускай разглядывают, она не привыкла стесняться ни своей тонкой талии, ни плоского живота, ни, тем более, длинных, начинающихся чуть ли не от ушей, стройных ног. Понравились им и ее прозрачные кружевные трусики, последняя модель кого-то там очень знаменитого , она не могла сейчас вспомнить, чьи именно – шестьдесят долларов за пару, стащенные неделю назад из одного из нью-йоркских бутиков.

Пауза затянулась. Немного оправившись от смущения, Джессика принялась с интересом рассматривать своих визави, сошедших, казалось, со старинной фламандской гравюры – один из ее приятелей увлекался живописью, и она как «отче наш» затвердила имена всех этих Гроотов и Келеров. Похоже, парни опустошили ближайшую театральную костюмерную, иначе откуда бы взяться всем этим плоеным воротникам, на которых голова лежит, как тыква на блюде, белым чулкам, тканым золотом шароварам до колен и расшитым жемчугами камзолам?

- Привет , ребята , - сказала она дружелюбно , для пущего эффекта помахав в воздухе растопыренной пятерней , - а что, где-то неподалеку отсюда снимается кино?

На лицах всадников выразилось недоумение. Стоявший впереди всех мужчина с властным , волевым лицом, резким тоном ответил ей что-то на непонятном наречии. Его жестикуляция и мимика Джессике не понравились , бородка же, клинышком торчавшая вперед , показалась отвратительной донельзя.

-Слушайте , я тут немножко заблудилась,- сказала она, делая шаг вперед, и тут же , оступившись на скользких , поросших тиной камнях , полетела головой вниз, в воду.

Глава пятая.

...Лоб жгло и саднило. Застонав, Джессика дотронулась рукой до больного места и обнаружила там здоровенную шишку.

- Где это меня так угораздило? – еле ворочая языком , пробормотала она ,и смолкла ,почувствовав, что с ней что-то очень не так , как надо бы.

- Я рехнулась , - попробовала она снова , и даже привскочила от изумления - тарабарский язык, на котором она изъяснялась, ничуть не походил на родной английский.

Похоже, сон продолжается, с неудовольствием подумала она. Ну , и какие же еще сюрпризы ждут меня здесь?..

- Благодарение Богу, госпожа очнулась, - долетел от окна радостный голос.- Ах , мадам , как же вы всех нас напугали!

Из полутьмы выплыла невысокая, плотно сбитая девушка в плоеном чепце и длинном, наглухо закрытом полотняном платье. Ее лицо, подвижное и живое, выражало такую смесь преданности и сострадания, что Джессика невольно прониклась доверием к его обладательнице.

- Кто ты?- пустила она пробный шар.

- Мария, ваша камеристка, мадам,- склонилась в реверансе девушка.

- Ладно, допустим. А я-то, я кто такая?- с любопытством спросила Джессика и, встретив изумленный взгляд, пояснила:- треснулась лбом так, что все мозги отшибла. Ничегошеньки не помню! Ну, давай, рассказывай с самого начала – кто я, где, и всякое такое, ты в курсе.

Пока шокированная камеристка собиралась с мыслями, ее госпожа огляделась по сторонам. Комната, где она находилась, была довольно большой, задрапированной какими-то пыльными тряпками – полог кровати, портьеры, тяжелые занавеси на окнах, препятствующие солнечному свету проникать внутрь. Взамен солнца горели свечи в трех бронзовых канделябрах, пахло травами и мышами, и Джессика вдруг почувствовала, что ей здесь нечем дышать.

- Анна де Плесси, супруга барона Филиппа де Плесси, двадцати четырех лет, мать двух девочек, - добросовестно перечисляла Мари,- ах, госпожа, неужели вы ничего этого не помните?!..

- Нич-че-го,- подтвердила Джессика.- Слушай, а эти … ну, парни, что притащили меня сюда, кто они такие?

- Вас привез барон де Плесси и его свита.

- Как он выглядит7- подозрительно осведомилась Джессика.- Этакий трухлявый старый пень с бородкой? Чудесно, я так рада. Говоришь, у нас есть дети? Двое, трое? Ах, черт! Неужели я так сильно его люблю?

- Мадам ненавидит супруга,- запинаясь, призналась Мари.

- Надо же! Ну, слава Богу, первое впечатление не оказалось обманчивым,- хмыкнула Джессика, выныривая из-под груды надушенных покрывал.- Окна здесь открываются? Дышать же нечем!

Пугливая Мари только охнула, когда сквозь распахнутые бархатные портьеры, пыльные и тяжелые, хлынул поток солнечного света.

- Но, мадам, спальня…

-Да ладно, не обращай внимания,- успокоила ее Джесс.- Так, а где мое барахло? Ну, вещи мои где, одежда?

- Никакой одежды не было,- раздался от двери скрипучий голос барона.- Вас привезли сюда, в чем мать родила.

Пригув голову, чтобы не удариться лбом о притолоку, сиятельный вельможа ступил в опочивальню жены. Справедливо рассудив, что рождение троих детей предполагало близость между ней и этой жабой, Джесс и не подумала хоть чем-нибудь прикрыться. Тем более, это сон, так неужели, хоть во сне она не может вести себя как ей нравится?!

Джессика повернулась лицом к барону и смерила его с ног до головы пренебрежительным взглядом. Фу-ты, ну-ты, барон де Плесси! Бывают парни и покруче!..

При появлении хозяина вспыхнувшая до ушей Мари Шаррон сделала поспешный книксен, и теперь стояла поодаль, теребя в руках какую-то батистовую пустяковину – ее лицо выражало покорность, смирение, и еще пару сотен похожих чувств, не исключая страха.

- Оставь нас, Мари,- пожалев служанку, распорядилась Джессика – в конце-концов, девушке со слабыми нервами не обязательно присутствовать при семейных склоках своих господ.

- Останься, Мари,- проронил барон, стоило той радостно засеменить к выходу, -я не хочу, чтобы вы, дорогая, рассказывали потом обо мне всякие небылицы, изображая меня чудовищем … Уж –то знаю, на что вы способны!

- Ладно, к делу,- оборвала его Джессика, нетерпеливым жестом сметая паутину ненужных разглагольствований.

Похоже, мужья все времен и народов были одинаково зануды – их, как говорится, хлебом не корми, дай покритиковать свою половину – и хозяйка-то из нее никудышная, и то, и это…

Лицо барона ожесточилось.

- Как вам будет угодно,- ледяным тоном произнес он.- Итак… вы вернулись ?

- Как видите,- подыграла Джессика, решив идти до конца.

- Значит, вы готовы принять мои условия?

- Что за условия?

- Их несколько.

- Выкладывай, послушаем,- кивнула она и, взяв из вазы гроздь винограда, прилегла на постель, дружески кивнув своему остолбеневшему собеседнику,- садись, папаша, в ногах правды нет!..

- Итак, я настаиваю, чтобы вы оставили свет.

- Что?!..

- Если вы намерены и дальше ездить в Париж, нам не о чем разговаривать.

- Ах, это! Уф-ф, я-то подумала...

- Вы даете слово, что станете безвыездно жить в моем родовом поместье.

- Ну, дальше?

- Никаких встреч и известными вам людьми, ни каких записок, никаких козней! Помните, вас будут окружать преданные мне люди – обман немедленно вскроется, заговор будет подавлен в зародыше, а вы ... вам я не позавидую.

- То есть?- приподнялась на локте Джессика, против воли напуганная не столько его словами и угрожающим тоном, сколько выражением лица.

- В лучшем случае, вас ждет монастырь. В худшем... вспомните несчастную Оливию де Буа, и все мои недомолвки вам станут понятны.

- Это все?

- На вашу личную свободу я, разумеется, не посягаю,- презрительно оттопыривая губы, изрек барон.- Можете продолжать губить свою душу. И помните, Анна, помните – ваше время закончилось. Со дня на день король испустит дух и за вас станет некому заступиться. Ваша жизнь теперь всецело в моих руках, и если вы на самом деле хотите ее сохранить, уезжайте в Плесси. Уезжайте сегодня, сейчас, не теряя ни минуты! Да, и еще... Мари вы с собой взять не сможете. Она нужна мне здесь.

Окинув Джессику насмешливым взглядом, старый ящер развернулся и, слегка приволакивая правую ногу, двинулся прочь.

Глава шестая.

Джессика прыснула со смеху, стоило ее муженьку захлопнуть за собой дверь. Конечно, ей ничего не грозит, это ведь сон, всего лишь дурацкий сон!..

Служанка, похоже ее веселья разделять не собиралась, и Джессике, если честно, снова стало немножко не по себе, стоило ей увидеть это смертельно бледное лицо, эти прыгающие от страха губы, изломанные брови и страдальческие, полные слез глаза.

- Вы в опасности, госпожа, в страшной опасности,- твердила Мари, упав на колени рядом с кроватью.

Их лица были теперь на одном уровне, и не будь Джессика на все сто процентов уверена в своей безопасности, она бы перепугалась до дрожи в коленках.

- Вас хотят убить, вас отравят, а я ничего не смогу сделать, ничем не смогу помочь, не сумею отвести угрозу,- бормотала она, как умалишенная.- В Плесси вы будете окружены челядью барона, они все вас ненавидят, рядом с вами не будет никого, кто сможет помочь … ах, ну зачем, зачем вы вернулись в это проклятое место из Парижа, где были так счастливы?..

- Успокойся, девочка, со мной все о-кей,- потрепав ее по щеке, хмыкнула Джессика. Нечестно хранить молчание, когда рядом с тобой кто-то страдает так, как страдала Мари.- Хочешь, я расскажу тебе правду? Все дело в том, что я сплю, а ты, и этот уродливый барон, и его затхлый замок – все это мне снится. Стоит открыть глаза – оп-па!- как ничего не будет. На самом деле, знаешь, кто я? Американка. Джессика Дэррик. Живу на Челси-роуд в Нью-Йорке. Немножко подворовываю в магазинах – так, по мелочам. Основная моя специальность – карманные кражи, вот тут мне нет равных .

- Ах, госпожа, неужели у вас помутился рассудок, и вам уже никогда не стать прежней,- вскрикнула верная Мари, в отчаянии бросаясь лицом в подушку.

Плечи ее крупно затряслись, спина начала вздрагивать – девушка плакала, и ее слезы вот-вот грозили перерасти в истерику. Не зная, что предпринять, Джессика в растерянности прикусила ноготь.

Где-то сбоку чуть слышно затренькал звонок. Телефон! Ну, наконец-то! Сейчас все кончится само по себе, обрадовалась Джессика, пытаясь нашарить футлярчик в складках тяжелых одеял.

- Алло!- гаркнула она в трубку, совсем забыв, что разговаривает по краденому телефону.

- Скажи, что за дерьмо ты мне подсыпала?- раздался разбитый голос Роберто,- меня тошнит до сих пор. Неужели нельзя было как-нибудь по-другому все обставить?

- Извини,- покаянно вздохнула Джессика,- наверное, я и в самом деле немного перестаралась. Знаешь, иногда это случается.

- Послушай,- нерешительно начал Роберто,- ты утащила одну очень важную для меня вещицу… вот этот самый телефон. Он мне нужен. Я заплачу тебе, ок?

- Сколько?

- Две штуки.

- Чего именно, долларов или этих никчемных бумажек?

- Никчемных бумажек?.. О, Боже, ты и до них добралась?

- Да, добралась. Ты хранил их в бумажнике, а бумажники моя слабость, так что…

- Послушай, я удвою вознаграждение, если ты вернешь мне все в целости и сохранности. Надеюсь, ты ничего не выбросила и не потеряла? И ради Бога, береги телефон, это очень важно!

- А что с телефоном?- невинно спросила Джессика.

- Видишь ли, это не совсем телефон…то есть, связь – всего лишь одна из его функций.

- Интересно, что такая малютка может делать еще?

- Перемещать человека во времени и пространстве, если тебе о чем-нибудь это говорит.

- Постой-постой, так у меня в руках машина времени?- развеселилась Джессика.- Ах, вот оно что! А я-то думала…

- Что ты думала?..- обеспокоился Роберто.- Где ты?

- Секундочку…Мари! Мари, брось реветь, дело того не стоит! Скажи-ка лучше, какой теперь год?

- 1672 от Рождества христова,- запинаясь на каждом слове проговорила обессиленная плачем девушка.

- Ну вот, мы с Мари во Франции, в замке моего мужа, жуткого придурка, на дворе стоит веселый 1672 год…но вообще, если честно, я до сих пор уверена, что все вы мне снитесь. Такой хороший длинный сон… эй! Алло!.. Куда ты делся?

- Зачем ты нажимала на кнопки?- тихо спросил Роберто.- Зачем?!! - заорал он вдруг.

- Ни на что я не нажимала, все получилось само собой!- огрызнулась она.

- Все ясно, правды от воровки не добьешься,- буркнул ее собеседник.

- Будешь обзываться, брошу трубку,- холодно предупредила Джессика.

- Не бросишь, сейчас я для тебя та самая единственная соломинка … впрочем, как и ты для меня. О-кей! Договоримся так – я помогаю тебе вернуться домой, ты отдаешь мне украденное имущество, и мы расстаемся на веки вечные.

- А вознаграждение, обещанное тобой минуту назад?!

- Твоя жизнь станет тебе вознаграждением. Ну как, идет?

- Моя жизнь пока со мной.

- Без моей помощи ты очень скоро с ней распрощаешься!

- Да, разумеется,- издевательским тоном поддакнула Джесс.

- Хорошо, я дам тебе 24 часа для того, чтобы убедиться в правдивости моих слов. Нет, суток пожалуй много, ты, чего доброго, натворишь там дел. Я позвоню тебе снова через три часа. Посмотри, что ты тогда скажешь. Да, и помни, ты попала в суровые времена – средневековье кончилось, но инквизиция осталась, так что советую собрать волосы, переодеться в одежду тех лет и вести себя незаметно, иначе тебя сочтут ведьмой и отправят на костер. Ладно, удачи!..

- Эй, эй, подожди!- вскрикнула Джессика.- А может быть, ты меня просто разыгрываешь? Что-то мне не верится, что сидя в Нью-Йорке, можно вот так запросто взять и позвонить в прошлое.

- Не верится, и не надо,- отрезал Роберто.- Помни лишь об одном – ты отвергла протянутую руку помощи и теперь можешь рассчитывать только на себя.

Джессика была уверена …нет, почти уверена, что он блефует, но необычность происходящего, всей окружающей обстановки, сделала свое дело – в ее душу ужом вползло сомнение.

- Но ведь если я не выберусь отсюда,- нерешительно сказала она,- ты никогда не получишь назад своих игрушек…

- Мне будет нелегко, но я переживу,- ответил он, чуть помедлив,- я не большой поклонник экстремального туризма, к тому же, в последний раз едва не погиб, так что я справлюсь, будь уверена!

-Ну ладно, хватит мне лапшу на уши вешать,- разозлилась Джессика,- не знаю, кто ты такой, шарлатан или гипнотизер … ну-ка, живо выпусти меня отсюда! Я звоню в полицию, понял?

- Тупица, ты до сих пор так и не поняла, что никакая полиция тебе не поможет?- устало спросил Роберто.

- Ладно, рассказывай быстро, что ты об этом знаешь!

- Э, нет, так не пойдет. Если наши отношения построены на коммерческой основе, я могу продать тебе часть информации за... скажем, за 25 тысяч долларов.

- Это грабеж!!

- Как хочешь, я не навязываюсь.

- Почему так много?

- Потому что я предлагаю тебе по-настоящему качественный товар.

- Я могу торговаться?

- Можешь, но цена не изменится.

- Ладно, не тяни, выкладывай, все равно у меня таких денег отродясь не было.

- Нда-а... скажи, что ты знаешь о реинкарнации?

- О че-ем? С чем это едят?

- В индуизме, реинкарнация – одно из основных понятий. Душа человека девять раз возвращается на землю из чистилища. Моя машина времени позволила тебе попасть снова в однажды уже прожитую жизнь – ты останешься там на какое-то время, может на день, может – на час или неделю. Потом перенесешься дальше. Если твоя душа прожила одну-две жизни, путешествие может быть недолгим и сравнительно безопасным...если, конечно, не станешь искать неприятностей на свою задницу, в чем я сильно сомневаюсь. Ладно, не время морализаторствовать. Ты меня слушаешь? Так вот, намного хуже, если ты живешь на земле в восьмой или девятый раз – тогда тебе придется шаг за шагом пройти их все и не надеяться на скорое возвращение.

- А как узнать, под каким номером я живу?- перебила его Джессика.

- Увы, это маленькая недоработка.

- Вот оно что!.. Значит, впереди меня могут подстерегать еще восемь восхитительных сюрпризов наподобие сегодняшнего?

- Абсолютно точно. И запомни – ты должна любым способом избегать там опасных для жизни ситуаций. Если тебя сожгут на костре во Франции семнадцатого века, это будет означать, что твоя жизнь в нашем времени аннулирована. Да, вот еще что! Старайся не подхватить ни чуму, ни холеру – вирусы живучи, как черти, и твой врач упадет в обморок, диагностировав у тебя нечто, давным-давно побежденное наукой.

- Послушай, а у тебя есть возможность вытащить меня отсюда?- жалобно захныкала Джессика.

- Есть,- хмыкнул Роберто,- а почему ты спрашиваешь?

- Потому что мне страшно, идиот!..

- Я мог бы вытащить тебя, детка, но не сделаю этого.

- Да я тебя…да ты…- задохнулась Джессика.

- Нет, не сделаю. Видишь ли … тебе придется сыграть роль подопытного кролика. Конечно, я не собирался ставить опыты на людях, но раз уж ты напросилась сама… так вот, самое забавное в том, что вернуть тебя домой хоть сию секунду проще простого – тебе достаточно лишь набрать комбинацию из нескольких цифр.

- Если ты не скажешь, что это за цифры, я до всего докопаюсь сама!- взвизгнула Джессика, в бессильной ярости ударяя сжатым кулаком по подушке.

- Не делай этого. Не советую. Прибор – само совершенство, но, кроме кода освобождения в него заложены и кое-какие другие коды. Это предусмотрено на случай, если положение станет совсем уж безвыходным, например…

- Не надо никаких примеров, я поняла. Хорошо, если ты не хочешь назвать мне код возвращения, скажи хотя бы, какие цифры нельзя нажимать ни в коем случае!

- Нет, детка, я и так сказал тебе больше, чем нужно. О-кей, до встречи!

Она и рта не успела раскрыть, как он уже отключился.

- Дрянь,- проворчала Джессика, покачивая в ладонях внешне безобидный мобильный телефон.

Ощущение было такое, словно в руках каким-то образом оказалась граната с выдернутой чекой. В любую минуту жди взрыва!..

- А, плевать, один раз живем,- решилась наконец она, и, быстро набрав девятизначный номер, с радостью убедилась, что еще жива.

- Инспектор Дэррик слушает,- раздался знакомый голос.

- Дастин!!- выдохнула Джессика.- Ох, честное слово, никому и никогда еще так не радовалась! Послушай, у меня маленькая проблема…ты можешь помочь?

- Что на сей раз ?!- рявкнул братец,- ты меня с ума сведешь! Только не говори, что опять попалась на том же самом. По два раза в день вытаскивать кого-то из тюрьмы под силу разве что Санта-Клаусу!

- Дастин, со мной правда нехорошо.

- Ну, говори, да побыстрее, у меня кофе стынет.

- Только не ори, окей?.. Хоть раз выслушай меня спокойно!

- Послушай, да на тебя и мертвый заорет! Долго ты еще намерена тянуть резину?

- Я просто пытаюсь собраться с мыслями. Не знаю, с чего начать. Ладно. Дело было так. Я сперла у одного парня мобильник, то есть, это я сначала думала, что сперла мобильник, на самом деле я сперла машину времени, и сейчас торчу во Франции, да еще семнадцатого века. У него есть возможность вернуть меня назад, но он уперся как баран – хочет, видите ли, чтобы я была наказана за свой поступок … короче говоря, Дастин, ты просто обязан найти его и заставить назвать этот чертов код, слышишь?
- Ты свихнулась,- констатировал Дастин.- Я так и знал, что этим кончится, ты окончательно свихнулась. А может. Ты просто дразнишь меня, а?

- Дастин, клянусь, ты нужен мне, я в опас …

- Джесс, тебе нужен холодный душ и таблетка аспирина. Бай!

- Дастин!!

Гудки. Джессика попробовала снова. Ответа не последовало.

- Черт тебя побери, Дастин…- растерянно пробормотала она,- ну что же … по всей видимости, у меня остался только один путь!

Глава седьмая.

Вмиг посерьезнев, она безжалостно растолкала Мари, крепко взяла служанку за плечи и, заглянув ей в глаза так глубоко, словно хотела разом постичь все тайны, хранящиеся в этой наивной бесхитростной душе, потребовала самым суровым тоном:

- А сейчас, подруга, ты расскажешь мне все. Абсолютно все, с самого начала, поняла?

- Ах, госпожа, должна ли я упоминать о вещах, ни в коей мере меня не касающихся?..

- Ладно, брось придуриваться, не строй из себя... это самое,- нетерпеливо перебила ее Джессика.- Неужели не ясно, что прежде всего меня интересуют именно они?!

Не ломаясь и не отнекиваясь больше, Мари приступила к делу.

Анну Луизу де Плесси в девичестве де Бурвилль она знает с младенчества, судьба сложилась так, что они стали молочными сестрами, были очень дружны, и для маленькой Мари, дочери кормилицы, была даже поставлена кроватка в опочивальне госпожи.

Позже Мари отдали Анне в камеристки. Преданность девушки была столь очевидной, что госпожа сделала ее своей наперсницей, поверенной сердечных тайн и, за малым, может быть, исключением, не скрывала от нее ничего.

Филлипп де Плесси появился в жизни семнадцатилетней Анны-Луизы по желанию его величества короля. Людовику всегда было свойственно щедро награждать покинутых им фавориток. Предпочтя анне свеженький бутон из Вероны – прекрасную черноокую итальянку, король пожаловал отставленной любовнице в утешение титул, земли, и в два счета подыскал дворянина, согласного подбирать чужие объедки. Так Анна обзавелась мужем.

Семейная жизнь у них складывалась неудачно – к несчастью, барон воспылал неугасимой страстью к своей молоденькой супруге, не способной испытывать к нему ничего, кроме отвращения. С тех самых пор ее жизнь превратилась в кромешный ад. Ревнивец бранил Анну за чрезмерную покладистость – при дворе посмеивались над ним, то и дело роняя словечко» рогоносец». В ответ она дополняла его украшения все новыми и новыми ответвлениями. Словно бросая вызов человеку, которого ненавидела, и с которым, тем не менее, была связана на всю жизнь, Анна меняла любовников как перчатки, и пропасть между супругами стала непреодолимой.

Со временем безответная любовь барона переродилась в жгучую ненависть, и, хотя прямых доказательств измен жены у него не было, он принял во внимание косвенные. К тому времени Анна успела дважды разрешиться от бремени, произведя на свет трех дочерей. Именно в этом была усмотрена ее вина. Другие женщины рожали барону мальчиков – это ли не лучшее доказательство, что Анна де Плесси раз за разом беременела от своих проклятых любовников?!..

- Постой, постой, какие сыновья?- вскинулась Джессика,- Кто рожал сыновей от этого мухомора?

Густо покраснев, смущенная Мари склонилась в почтительном реверансе.

- Это ты-ы?! Ты спала с моим мужем?!..

- По вашему приказанию, мадам.

- Ну еще бы, ведь добровольно с этой ящерицей не ляжешь под дулом пистолета,- кивнула Джессика.- Послушай ... неужели я и в самом деле потребовала от тебя такой жертвы?

- Супруг ваш был столь ненасытен, что вы пообещали щедро вознаградить меня, если я возьму на себя часть ваших обязанностей,- дрожащим голосом отвечала девушка, теребя край оборки на своем платье.

- Представляю, как это было тебе неприятно!

- С годами, мадам, чувство неприязни только возросло,- пролепетала Мари, не поднимая глаз.

- Так ты что, до сих пор его ублажаешь?..- поразилась Джессика.

- Иногда находится кто-то другой, но, в конце-концов, барон всегда возвращается ко мне. Год назад родился мой пятый ребенок , а сейчас... мне кажется, сейчас я снова тяжела.

Повисла пауза. Пораженная услышанным, Джессика смотрела на Мари во все глаза. Спустя несколько секунд , она вспомнила, что сегодня решается ее собственная судьба, и приказала камеристке продолжать свое повествование.

- Разгневавшись, барон отослал девочек в деревню – он хотел добиться развода и собирался предъявить малышек суду в качестве доказательства. Однако с расторжением брака ничего не вышло, вы находились под покровительством короля, а он своих решений не меняет, хоть это и было бы вам на руку. Тогда барон решил проверить свои подозрения – в одну ночь, нагрянув ваши покои с десятком вооруженных слуг, он приказал вам немедленно одеться и ехать с ним в замок Плесси.

- Сюда?

- Нет, в Плесси, в тот замок, куда он сегодня снова пригрозил вас заточить. Мрачное место, лес, непроходимые болота – неужели вы и этого не помните?!- с болью в голосе прошептала Мари.

- Начинаю припоминать,- бодро соврала Джессика, для того только, чтобы не расстраивать беременную женщину, и доверчивая Мари с радостью захлопала в ладоши.

- И что, я поехала с ним?

- У вас не было выбора, мадам, хотя, если бы вы могли, то всеми силами попытались бы избежать попадания в эту обитель зла и порока , - торжественно изрекла камеристка. – Замок Плесси являет собой неприступную крепость, он построен в лесу, и вы всегда ненавидели его, даже ни разу не побывав там. Говорят, что в одной из зал под ногами у неугодного человека разверзается пол ... так это или нет, я не знаю, но то, что ваша предшественница, Аделаида де Плесси, была найдена удавленной в одной из комнат, нет никаких сомнений.

Барон привез вас туда и посадил под замок, поклявшись, что уж на этот-то раз вы будете вынашивать его ребенка. Все время, положенное Господом на созревание плода, вы тосковали по Парижу, ждали оттуда писем, но посланцы не имели возможности увидеться с вами – приказы барона выполнялись в Плесси беспрекословно, и вас даже на коротенькую прогулку не отпускали в одиночестве.

Прошла осень, унылая дождливая зима, зазеленели деревья, но вас ничто не радовало. Таская огромный живот, вы проклинали барона с утра до вечера, хлестали по щекам дерзких нерадивых служанок и непрерывно плакали. В начале лета у вас родился мертвый ребенок – вашей вины здесь не было, повитуха попалась неопытная, и пуповина, обмотавшаяся вокруг шейки, задушила мальчика. Супруг ваш пришел в неистовство. Опасаясь его мести, вы, презрев и боль, и слабость, воспользовались поднявшейся суматохой и бежали из замка.

С тех пор наши дороги разошлись на полтора года, и о вашей парижской жизни я знаю только понаслышке. Вернувшись в столицу, вы, мадам, развили кипучую деятельность, добились аудиенции у короля и испросили соизволения войти в свиту ее королевского величества. Жалованья, положенного фрейлинам, вам не хватало, пришлось продать лес, пожалованный королем. Барон де Плесси несколько раз приезжал в Париж, пытаясь вернуть вас, но встреча произошла лишь однажды, в присутствии вашего тогдашнего любовника и супруг предупредил что объявляет войну.

В ответ вы только рассмеялись, ведь любовь, странным образом смешавшуюся с ненавистью, которую до сих пор питал к вам этот человек, вы находили лишь жалкой пародией на истинные человеческие чувства. Взбешенный, барон ударил вас по лицу, шевалье вступился за честь дамы, произошла схватка и молодой дворянин был убит ударом шпаги в сердце.

Замять скандал не удалось, ваше имя было запятнано, и ее величество королева Франции отказала вам в праве называться придворной дамой. В отместку вы лишили барона всякой надежды на должность королевского постельничего, на получение которой он очень рассчитывал. Сделать это вам удалось легче легкого – красивая женщина не знает слова «нет», а вы мадам обладаете самой действенной отмычкой ко всем замкам - вашим прекрасным телом, и, надо признать умело ею пользуетесь!..

- Не могу понять, хвалишь ты меня или осуждаешь,- цепко ухватив Мари за подбородок, Джессика пытливо заглянула в ее глаза.

- Ах, смею ли я осуждать свою госпожу,- смиренно ответила камеристка,- я могу только завидовать. Ах, мадам ... вы счастливица! Сам король когда-то потерял из-за вас голову, самые родовитые дворяне дрались за честь поднять оброненный вами платок ...

- Дрались ... а теперь?

- Теперь вы влюблены и вас находят скучной,- улыбнулась Мари.

- Влюблена?.. Ну-ну, и в кого же?..

- Уж его-то вы не могли забыть!- ликующий голос камеристки еще не успел растаять в воздухе, как Мари, в мгновение ока разрыв кучу одеял, вынула спрятанный в постели медальон и, щелкнув замочком, подала его Джессике.- Взгляните только, какой красавец!

Глава восьмая.

Сказать по правде, миниатюра интересовала Джессику куда меньше, чем сам медальон - массивный, из чистого золота, украшенный драгоценными камнями. Кинув мимолетный взгляд на изображение своего давным-давно истлевшего возлюбленного , Джессика попыталась прикинуть , сколько сумеет выручить , предложив занятную вещицу знакомому антиквару , как вдруг ее словно что-то кольнуло - что-то , заставившее внимательнее вглядеться в портрет , искусно выполненный неизвестным художником на эмали. Не может быть!..

- Кто это?- полуобморочным голосом спросила она, не в силах оторвать глаз от гривы иссиня-черных , непокорных кудрей, орлиного носа и крутого подбородка с ямочкой точно посередине - словом, от всего того, что только час или два назад воочию видела перед собой.- Как его зовут?

- Граф де Шарни.

- Итальянец?

- О нет, чистокровный француз, - возразила Мари.- Его семья владеет обширными угодьями в Провансе.

- Что он делает в Париже?

- Состоит в свите короля.

- И что … мы сильно любим друг друга?

- Вы сходите с ума по нему мадам.

- А он?

- Он собирается жениться.

- Постой-постой, я попробую угадать … ее зовут Одетт, верно?

- Одетт де Шантильи, мадам. Благодаря свадьбе с ней, молодой граф очень рассчитывает поправить свои дела.

- Вот оно что!..- пробормотала Джессика, не зная, как приступить к деликатной части - присвоению медальона.- Послушай, а почему этот портрет хранится у тебя? Почему я не ношу его на своей груди?

- Ваша ненависть к барону столь сильна, что вы приказали хранить изображение своего любовника в его доме, в постели, где … где…

- Ладно, я поняла, можешь не продолжать. Послушай, я думаю, свою службу портрет уже сослужил … Я заберу его, ты не возражаешь?..

Мари не возражала, и Джессика быстренько продела голову в цепь – прохладные звенья мягко коснулись кожи, увесистый, тяжелый, продолговатый медальон лег в ложбинку между трепетно вздрогнувшими грудками так, словно и был для нее предназначен. Приятная тяжесть нового приобретения согрела Джессике сердце - что ни говори, она была и осталась барахольщицей… к тому же, однажды ей заплатят за него кучу денег …Она боялась себе признаться, что, кажется, не захочет расстаться с украшением ни за какие деньги.

Копаться в себе и выяснять причины такого странного душевного состояния у Джессики не было времени …но уж, конечно, она оставляет себе медальон не из-за того, что в него вставлен портрет этого итальяшки!..
- Ну, детка, валяй дальше. Как по-твоему, какого черта я приперлась сюда, в лапы своего разлюбезного муженька, которого ненавижу, из столицы …Париж ведь столица, я ничего не путаю?..

- Ах, госпожа, пришли суровые времена, и наш бедный король, ваш заступник, доживает последние дни на этой грешной земле. Его сын слишком мал, чтобы возложить на него корону и,судя по всему, регентшей станет ее величество королева … между прочим, с недавних пор - ваш злейший враг. Пока король был здоров и полон сил, эта ведьма старалась держаться незаметно … Прошел слух, она поклялась свести счеты со всеми девками короля - слишком уж долго они блистали при дворе, затмевая ее бесцветную особу. К вам лично у королевы особый счет.

- Да что ты?

- Она считает вас интриганкой и собирается одной из первых отдать в руки святой инквизиции, полагая, что власть, которую вы имеете над мужчинами, дарована вам дьяволом в обмен на проданную душу. Будучи женщиной некрасивой, королева утверждает, что ваши чары не более, чем колдовство, ведь ни она сама, ни ее придворные дамы ничем подобным не обладают … и это неудивительно – ее величество страшна, как смертный грех,- с удовольствием сообщила Мари, - а все те бедняжки, что ее окружают, не смеют помыслить даже о самом невинном флирте. Королеву можно понять – ее опочивальня пустовала семь лет, а женщина, столько лет живущая без мужчины, готова растерзать каждую, кого находят привлекательной. Ее покои напоминают монастырь... неудивительно, что она испытывает такую ненависть к вам, полной жизни и пышущей здоровьем!.. Говорят, она ждет не дождется кончины своего сиятельного супруга, чтобы отдать приказ казнить вас публично, - подбородок Мари дрогнул, в голосе опять зазвенели слезы, – ах , госпожа , смерть ходит за вами по пятам! Спасаясь от гнева ее величества, вы приехали искать союзника в бароне, а он ...он... Сюда идут!..

В коридоре за дверью загрохотало множество ног, загомонили нетерпеливые голоса , и четверо вассалов барона де Плесси ввалились в опочивальню его опальной супруги. Запахнув на груди полупрозрачную сорочку, Джессика поднялась им навстречу, как и тогда, у реки, чувствуя себя неловко под их обжигающими похотливыми взглядами. Отвесив насмешливый полупоклон, высокий брюнет с пронзительно-черными глазами на узком, нервном, горбоносом лице, сообщил, цедя слова сквозь зубы, что ему приказано незамедлительно сопроводить госпожу баронессу в замок Плесси.

- Мне нужно одеться,- пытаясь потянуть время, буркнула Джессика.

- Прошу вас, не стесняйтесь,- блеснули в улыбке два ряда его белоснежных неровных зубов, и все четверо, переглянувшись, громко и оскорбительно захохотали.

Начало не предвещало ничего хорошего. Мари, побледнев, комкала в руках расшитый жемчугом корсаж – тип людей, мельком подумала Джессика, в минуту душевных потрясений не представляющих, куда девать руки.
- Мою одежду, - приказала Джессика, имея в виду шорты и майку – забавно, барону и в голову не пришло, что это никакое не белье и даже не маскарадный костюм, а самая что ни на есть настоящая одежда.

Мари, встрепенувшись, принялась упаковывать ее в дорожное платье – парчовое, душное, наглухо закрытое, с длинными руками и воротом, подпирающим подбородок. С неженской силой затянув шнурки корсета – китовый ус сдавил ребра Джессики так, что ей стало трудно дышать, Мари принялась застегивать полторы сотни крохотных перламутровых пуговок, превращавших платье в западню – сама из него Джессика выбраться уже не сможет.

- Я буду молиться за вас - шепнула Мари, опускаясь на колени перед своей молочной сестрой и покрывая торопливыми поцелуями ее руки. - Да храни вас Господь!..

Глава девятая.

Пять минут спустя Джессика уже сидела в карете, выезжающей из-под полукруглой дворцовой арки. По бокам экипажа ехали всадники. Их замкнутые, серьезные физиономии подтверждали худшие опасения Мари, и Джессика начала всерьез беспокоиться – быть удавленной по ошибке в черт- те знает каком веке ей вовсе не улыбалось...и надо же было так вляпаться!

Выглянув из-за занавески , она обратилась к одному из своих конвоиров - тому , что казался моложе и симпатичнее:

- Эй, парень, сколько нам еще телепаться по этой жаре?

- Четыре часа, сударыня , - ответил за него другой.- Задерните занавеску , прошу вас.

- Задернуть занавеску, это с какой стати ?!- возмутилась Джессика, высовываясь из окна кареты чуть ли не по пояс.- Ты что, хочешь, чтобы я заживо изжарилась здесь… прямо как чертова индейка под Рождество?!..

- Не заставляйте меня применять силу, мадам, - ровным голосом продолжал тот, и ,по выражению его бесцветных оловянных глаз Джессика поняла, что спорить бесполезно.

Сердитым рывком задернув тяжеленное бархатное полотнище, она откинулась на подушки. Четыре часа трястись в этой спичечной коробке!.. Ладно, жару еще можно стерпеть, но проклятые камни, то и дело попадающиеся под колеса ,заставляли карету все время переваливаться с боку на бок . Задняя часть немилосердно тряслась, швыряя пассажирку то в одну, то в другую сторону, так что , немного поразмыслив , она пересела спиной по ходу движения. Намного легче не стало, но уже то, что теперь она получит в два раза меньше синяков, радовало нашу героиню, умевшую, когда нужно, довольствоваться малым.

- Джесс, детка, во что ты вляпалась,- вполголоса пробормотала она, всякий раз в минуту душевных потрясений обращаясь к самому лучшему советчику и собеседнику – к себе, любимой.- Громилы везут тебя в кошмарный притон, где от одной дурехи уже избавились. Похоже, ты следующая!..

Зубы ее застучали. Взгляд скользил по стенам, обитым тканью, по бесполезным подушкам – оказавшись в карете, первое, что она предприняла, была попытка найти оружие. В ворохе этих дурацких тряпок вполне мог оказаться остро наточенный стилет с затейливой рукояткой … но, увы! Стилета она не нашла. Судя по всему, барон решил обезопасить себя от неприятных неожиданностей и, если его супруга Анна-Луиза и впрямь была штучкой с перцем, обвинять Филиппа де Плесси в излишней подозрительности Джессика не могла.

- Но ведь это их дела!- прошипела она, закипая,- их дурацкие семейные свары…их, не мои! Какого черта я оказалась тут крайней?!

Будучи человеком действия, Джессика терпеть не могла ситуаций, где от нее ничего не зависело. Ладно, допустим, Дастин в свое время научил ее кое-каким приемчикам, но справиться с четырьмя, нет, пятью мужиками – возница тоже считается - она вряд ли сумеет. Остается лишь уповать на судьбу и ждать звонка от Роберто – чтоб он сдох со своим изобретением!..

Порывшись в складках юбки, Джессика извлекла мобильный телефон и задумчиво покачала его на ладони. А если на самом деле ничего этого нет и в помине, если все ее приключения – всего лишь гипноз, бред, солнечный удар?.. Машина времени, что за чушь!..

Снаружи что-то явно происходило. Джессика услышала взволнованные голоса, лошади всхрапнули, заржали и прибавили ходу – кнут гулял по их спинам и бокам, заставляя мчаться что было сил. Джессику кидало из стороны в сторону – да что там, землетрясение началось, что ли?

Высунувшись из окна, она тут же отпрянула назад – оскалив зубы в невероятной гримасе, один из ее надсмотрщиков наотмашь хлопнул ее по лицу. Боль была столь резкой и сильной, что Джессика свалилась на пол, оглушенная. Крики снаружи не прекращались, донесся звон шпаг, карета резко остановилась, и Джессика, уже почти сумевшая приподняться, вновь потеряла равновесие.

- Гийом, разберись!- услышала она сдавленный крик, перемежающийся стонами боли, и в окно кареты к Джессике, так до сих пор и не понявшей, что к чему, просунулась рука с хищно поблескивающим кинжалом.

Дальнейшие события напоминали дурной сон. Взмах – и вверх взметнулся пух из распоротой подушки, еще взмах, и рукоять ножа вырвалась из потной ладони, застряв в обшивке кареты. Джессика охнула, рука исчезла, и вместо нее в маленькое окошко просунулось молодое безусое лицо…так вот, как выглядит ее потенциальный убийца!
Не теряя ни секунды, Джессика что было сил ударила его ногой в подбородок – что и говорить, прием не из самых честных, но тут уж выбирать не приходилось. Клацнув зубами, парень улетел вникуда.

Не дожидаясь, пока на его месте возникнет кто-то другой, Джессика подобрала юбки, мешавшие ей встать на ноги, навалилась всей тяжестью своего тела на перекосившуюся дверцу, та распахнулась, и девушка кубарем скатилась на землю - прямо под ноги своего двойника!..

Глава десятая.

Замешательство продлилось несколько секунд. Две половинки одного «я» молча взирали друг на друга.

Пра-пра-пра-Джессика была точной копией своего средневекового оригинала. Маленькие отличия, разумеется, были, их не могло не быть – например, Джессика всегда гордилась своим великолепным бюстом, но, по сравнению с архитектурными украшениями Анны-Луизы ее грудь явно проигрывала.

В отместку Джессика решила, что капризное выражение лица портит и даже несколько старит ее визави. Неизвестно, о чем думала Анна – возможно, она тоже нашла в облике Джессики что-то неприятное для своих глаз. Удивление на ее лице вскоре сменилось гримаской недоумения, затем – легким раздражением.

- Ну, и что сие значит?- нахмурив брови, спросила она.- Гийом!

В поле зрения Джессики появился давешний киллер-неудачник, и она осталась довольна, убедившись, что отделала его на славу. В голове у бедняги шумело до сих пор. Оказавшись перед двумя совершенно одинаковыми женщинами, парнишка решил, что сошел с ума.

Застонав, он закрыл глаза и обхватил лоб ладонями.

- Я спрашиваю, какую еще подлость задумал этот старик!- повысила голос Анна-Луиза и, поняв, что слова ее цели не достигают, вытянула слугу хлыстом.

Гийом зарыдал, роняя крупные слезы и шмыгая носом, и Джессика вдруг поняла , что ему не больше пятнадцати лет. Похоже, проблемы с тинэйджерами существовали во все века!..

- Всыпьте ему двадцать ударов палкой,- приказала Анна своим клевретам.- Бейте до тех пор, пока не заговорит!

- Да ладно тебе, он и впрямь ничего не знает,- встряла Джессика, сама не понимая, для чего ей вдруг понадобилось защищать этого мальчишку.

Нахмурившись, Анна вперилась подозрительным взглядом в ее лицо.

- Кто ты? Ну, отвечай! Живо!..

Джессика заколебалась. История о машине времени и реинкарнации вряд ли пройдет у Анны на ура, нужно было срочно выдумать что-то более-менее правдоподобное, и она ляпнула первое, что пришло в голову:

- Твоя сестра!

- Что за чушь, у меня не было сестер,- опешила Анна, но сотни проглоченных слезливых телесериалов сделали Джессику невообразимым докой по части несуществующих подробностей, и она затараторила, стараясь не особенно залезать в дебри:

- Родилось нас двое, ты и я. Меня в младенчестве украли – папашкин бизнес, жестокая конкуренция, то-се… Подбросили одной бабе, она из Парижа, ты ее не знаешь. Вот там-то я и воспитывалась все эти годы – ну, бальные танцы, конный спорт, теннис, плавание … тьфу, что я несу! Короче, сестренка, в прошлом году моя приемная мать дала дуба – проще говоря, коньки отбросила. Вот я и подумала – других родственников у меня нет, дай-ка разыщу сестрицу свою…единоутробную…ты как, рада? Нет?! Ну вот нипочем не стала бы тебя искать, если бы знала, что ты не обрадуешься! И муж у тебя такой же зануда. Я ему слово – он мне десять. Заладил – езжай в замок, и все тут. Засунул меня в эту карету …куда мне было деваться, ? Как по-твоему?

Высокий сухопарый старик, нагнувшись к Анне, прошептал ей на ухо несколько слов. Джессика поняла, что в этот момент решается ее судьба.

- Ты едешь с нами. Разберемся!- бросила Анна, отворачиваясь.- Эй, кто там! Ведите сюда мальчишку!

- Я дарю тебе жизнь,- обратилась она к парню, скорчившемуся у ее ног в три погибели,- встань, ничтожный червяк, отныне ты будешь служить мне верой и правдой!

Гийом благодарно припал губами к белоснежной ручке, протянутой ему в знак особого благоволения.

- Скажи…сколько человек в замке де Плесси?- спросила Анна.- Шестеро? Ты уверен, что старый лис не позаботился увеличить гарнизон?

- Замок неприступен,- вздохнул Гийом,- к тому же дан приказ не впускать внутрь ни одного чужого человека. Вы можете год осаждать крепость, но ничего не добьетесь – мост не спустят.

- Проклятье!- буркнула Анна.- В таком случае, я не стану сохранять тебе жизнь. К чему таскать за собой еще одно никчемное создание?

- С моей помощью вы можете легко проникнуть в замок,- побледнев, пролепетал Гийом.- Мой дядя – вассал вашего супруга, он служит хранителем замка де Плесси. Стоит ему услышать мой голос, как мост немедленно спустят и вход в замок будет открыт … к чему вам лишать себя такого удобства?

- Отдаешь ли ты себе отчет, мой мальчик,- ласково спросила Анна, положив ладонь на плечо юного предателя,- отдаешь ли ты себе отчет в том, что все шестеро, и твой дядя в том числе, будут немедленно убиты?..

Лицо Гийома пошло красными пятнами.

- Мсье Люка Пийон прожил достаточно долгую жизнь … возможно, пришло его время предстать перед Всевышним. Я же…я слишком молод…я…

- Достаточно. Я поняла,- кивнула Анна,- сейчас соберут трупы, и мы двинемся в путь. Следи за нашей пленницей, дружок, и при малейшем неповиновении пронзи кинжалом это отродье!

- Ничего себе!- пробормотала Джессика провожая глазами удаляющуюся спину своего первого воплощения.- Похоже, детка, ты сегодня встала не с той ноги!..

- Что ты там бормочешь?- надменно спросил Гийом , властным жестом взяв Джессику за подбородок.

Возмущенно отбросив его руку, Джессика испепелила взглядом малолетнего наглеца.

- Держись-ка со мной повежливее, маленькое дерьмо!

- Запомни, твоя жалкая жизнь зависит сейчас только от меня, - напыщенно возвестил он.- Баронесса де Плесси отдала совершенно ясный приказ , ты тоже его слышала , так что…

-Насколько я знаю баронессу, твоя задница в куда большей опасности, - перебила его пленница.- Думаешь, удастся откупиться гибелью родного дяди? А впрочем, мне-то какое дело! Живите вы как хотите!..

Мальчишка ее раздражал. Угодливый и трусливый с теми, кто сильнее, Гийом-как-его-там , видимо, решил самоутверждаться за ее счет.

Напустив на себя угрожающий вид, он с деланным безразличием поигрывал шпагой. Цыплячья шейка раздулась от гордости, глаза сверкали , и единственным обстоятельством , вызывавшим его досаду , было упорное нежелание пленницы выказывать почтение и страх.

- А знаешь я ведь могу убить тебя когда пожелаю…даже сию минуту!- не выдержал он.

- Заткнись, придурок - рявкнула Джессика.- Будь ты чуточку поумнее мы бы вместе подумали , как выбраться из этого дерьма!..

- Ну мне-то бояться нечего – значительно возразил он,- хозяйка щедро вознаградит меня, когда сумеет проникнуть в замок с моей помощью. Верные люди в наше время на вес золота!..

Не желая с ним препираться, Джессика отвернулась к окну.

Глава одиннадцатая.

Итак, ее все-таки везут в замок с явным намерением удавить – раньше этого хотел барон, теперь Анна, а от перемены слагаемых сумма, как известно, не меняется. Значит, в замок ей не надо. Только как убедить в этом похитителей?..

Въехав в лес, кавалькада остановилась посовещаться. Решено было разделиться на две группы – Гийом, возчик и карета, битком набитая вооруженными людьми, на всем скаку рванется к замку. Другая половина отряда, изображая погоню, вылетит из-за деревьев немного позже. Анна –Луиза вступит в замок, когда все будет кончено. Джессика останется с ней.

Обрадовавшись такому раскладу, пленница вскоре поняла, что сбежать не удастся – по приказу Анны ее предусмотрительно прикрутили веревками к дереву. Жесткие волокна впивались в запястья, и Джессика изнывала от желания набить кому-нибудь морду. Тому же Роберто, черт бы его побрал!

Вместе с Анной остался сухопарый седой старик, то и дело хмуро и недружелюбно косившийся на Джессику.

Овладев ее сумочкой, захваченной из кареты, Анна принялась вертеть в пальцах разные непонятного назначения вещицы – зажигалку, упаковку снотворного, пачку презервативов, влажные салфетки, записную книжку с номерами телефонов, тушь, помаду – и если поначалу она поглядывала на Джессику с насмешкой и превосходством, то теперь их сменили другие чувства – уважение и страх.

Поднявшись на ноги, она подошла к Джессике так близко, что та ощутила ее дыхание.

- Кто ты?.. Только не лги!

- Что я тебе, по десять раз должна талдычить одно и то же?- окрысилась Джессика.

- Что ты знаешь о своей … о нашей матери?

- Ничего.

- Об отце? О ком-либо из семьи?

- Тоже.

- Ты … хотела бы увидеть отца?- вкрадчиво спросила Анна, и Джессика, не чувствуя подвоха, утвердительно кивнула.

- Смотри же!- вытянув руку, Анна указала на своего спутника, неподвижно стоявшего поодаль и буравившего Джессику колючими злыми глазами.

- Он сказал, что мать умерла родами, произведя на свет только одного младенца – меня,- продолжала Анна.- Что скажешь?

- Он врет или все перезабыл,- скривилась Джессика, сильно подозревая, что Анна блефует тоже. – Слушай, не будь дурой, развяжи меня. Я не убегу, честное слово!

- Откуда у тебя все эти вещи и что они значат?- кивком головы Анна-Луиза указала на разложенные в траве побрякушки Джессики.- Признайся, с их помощью ты совершаешь колдовские обряды? Только колдовство могло преобразить твое лицо так, что нас теперь не отличить друг от друга. Скажи, зачем тебе все это понадобилось? Зачем ты стремилась стать мной? Отвечай!..

- Какое там колдовство, деревенщина ты неотесанная!- взвизгнула Джессика, которой как раз в этот момент заполз за шиворот муравей.- Ты что, зажигалок в жизни не видела? Ну что тебе непонятно, что?! Это вот сигареты, это записная книжка … да не тряси ее так, все листы растеряешь!

- Здесь записаны твои заклинания,- подытожила Анна-Луиза, поднося книжку поближе к Джессике.- Скажи, а ты можешь превратиться в любого человека? Что еще ты умеешь?

- Отстань, дай мне собраться с мыслями,- прислонившись затылком к стволу, Джессика принялась лихорадочно обдумывать свое положение.

Назваться колдуньей, похоже, лучше всего, иначе как объяснить этим приматам все свои прибамбасы? Пару трюков с зажигалкой и погружением в повальный сон она вполне может продемонстрировать. Презервативы тоже сойдут…можно придумать, что это дарует или наоборот, отнимает мужскую силу …ну, или еще что-нибудь в этом роде.

Но главный их козырь – мобильник! Имея такую игрушку, от связи с потусторонним миром не отопрешься, а если сочинить, что это прямая связь с адом и его обитателями…то тебя немедля сожгут на костре, внятно сказал внутренний голос. Да ладно, легкомысленно отмахнулась Джессика, до сих пор ведь не сожгли!..

Распахнув глаза, она сурово и твердо поглядела в лицо Анны-Луизы.

- Учти, дорогая, ты сама напросилась!

Облокотившись на руку своего лже-отца - язык он, что ли, проглотил?- Анна приготовилась внимательно слушать самую притягательную и захватывающую историю своей жизни.

- Кто я и откуда – тебе знать не надо. Достаточно того что я стою сейчас перед тобой,- начала Джессика замогильным тоном, пока очень смутно представляя, о чем будет говорить, но у Анны, по-видимому, было на этот счет другое мнение, и она перебила, нетерпеливо хмуря брови:

- Рассказывай обо всем, ведьма, не то пожалеешь!

- Ладно, так и быть. Я – это ты, и наоборот. Мы – одно целое, понимаешь?..

- Ты – ведьма,- веско проговорила Анна, цепкими твердыми пальцами сдавив Джессике лицо.- Хватит опутывать меня заклинаниями, я истинная католичка, я хожу на мессу... верно дьяволу, твоему покровителю, не терпится погубить мою душу, раз он дал себе труд сотворить точную копию бренной плоти! Говори, ведьма! Выкладывай все как на духу!

Джессика окончательно убедилась, что влипла. Это называется попасть из огня да в полымя – кстати, кажется, теперь это вполне реальная перспектива!..Боже правый, прошло только три часа ...сколько еще времени ей предстоит торчать среди этих суеверных и кровожадных людишек?!..

- А может быть, это ты ведьма, занявшая мое место?- рявкнула она.- Кто разберется в этой ерунде, а?

- Я не ведьма, и могу это доказать,- гордо откинув голову, произнесла Анна.- На моем теле есть шрам в виде креста – какая ведьма сможет носить на себе Божью отметину?

Издалека донесся отчаянный крик, и у Джессики пробежал мороз по коже – она узнала голос Гийома. Бедняга, похоже, с ним уже расплатились за все ...

Глава двенадцатая.

Спустя четверть часа они уже входили в замок. Дамам пришлось подобрать платья, чтобы не испачкать подолы кровью.

У массивной железной двери в неестественной позе лежал светловолосый паж с ножом, вонзившимся прямо в сердце. Ну что, балда, получил-таки свое вознаграждение, подумала Джессика, стараясь сдержать приступ подкрадывающейся паники. Похоже, ей грозит нешуточная опасность!.. Нужно быть крайне осторожной, иначе она не сумеет продержаться здесь, пока не подоспеет помощь...какая помощь?..
- Заприте ее, я займусь ею позже , - приказала Анна, и Джессика не успела опомниться, как оказалась в комнате с таким крохотным узким окошком, что идея сбежать через него на волю отпала сама собой.

Сесть было негде.

От стен веяло холодом.

Пахло сыростью.

Стена, к которой она прислонилась, оказалась покрытой плесенью.

Чудесно! Просто чудесно! Хоть бы этот проклятый телефон зазвонил наконец, что ли!..

Словно в ответ на ее отчаяние, телефон подал признаки жизни.

- Алло!- завопила Джессика.- Слушай, я влипла! Они тут все чокнутые! Они меня заперли! Я заработаю ревматизм в этой сырости! Черт тебя побери, Роберто, диктуй живее свой шифр, мне надоело здесь париться! Согласна на любые условия!..

Экран потух.

- Черт! Черт! Только не это!- взвыла Джессика не своим голосом.- Не вздумай отключиться, я же здесь пропаду!..

Она тупо смотрела на бесполезную теперь машинку. Неужели придется выпутываться самой?!..

- Думай, детка, думай,- сосредоточившись, приказала она себе.- Бывают ситуации и похуже, верно?

Итак, попробуем спрогнозировать, что может с ней случиться. Если Анна-Луиза в сопровождении двух десятков мужиков ехала к своему супругу, с намерением отрезать ему яйца, она захочет закончить эту миссию и вскоре снимется с места, оставив нескольких человек охранять замок и стеречь пленницу. Это позволит Джессике выиграть время , хотя, конечно, она не испытает никакого удовольствия, сидя в этих сырых стенах.

Другой вариант – Анна никуда не поедет - наоборот, она останется ждать в этом проклятом замке, когда барон, встревоженный отсутствием новостей, сам не поспешит навстречу своей смерти. В ожидании этого светлого часа она прикажет поджаривать Джессику на медленном огне, допытываясь, откуда и зачем та свалилась на ее голову …ой, нет, лучше не надо!..

Выбрав место посуше, Джессика села на пол. А что, если…

Она не успела толком додумать свою мысль, как дверь распахнулась, и четверо молодых, крепких парней, внесли в темницу жаровню с углями.

- Ого, каминчик! Очень кстати,- обрадовалась пленница.- Надеюсь, кровать идет под следующим номером?

Вошедшие покосились на нее с недоумением , однако никто не проронил ни слова.

- Я у вас что вроде зачумленной ?- оскорбилась она.- Ну, и проваливайте ко всем чертям!..

Парни переглянулись, и вдруг , словно по команде ,перекрестились.

Джессика хмыкнула.

- Скоро тебе будет не до смеха , ведьма , - сквозь зубы пообещал один из ее тюремщиков.

Дверь снова захлопнулась. Джессика осталась одна.

- Жена у тебя ведьма, - неуверенно буркнула она вслед,- ну и что вы тут притащили?

Смолистый дымок щекотал ноздри, навевая воспоминания о какой-то загородной вечеринке , о барбекю под открытым небом...

- Интересно, зачем эти обалдуи насовали в угли все это железо?- спросила она , потянув на себя щипцы.- ну, кочерга , допустим, еще туда-сюда ... Вау! Уж не пытать ли они меня вздумали? Меня, американскую гражданку, жительницу двадцать первого века!..

Джессике стало очень неуютно. В животе отчаянно заурчало.

- Ну вот, диаррея на нервной почве,- мрачно констатировала она.- Этого еще не хватало!..

Снаружи вновь заскрежетали засовы, дверь открылась, и в узилище вошла целая процессия – маленький круглый священник с распятием в руках, анна-Луиза де Плесси, облаченная в черное монашеское одеяние, и двое рослых мужчин, голых по пояс, с кнутами, веревками и плетьми в руках.

Слуги втащили длинную дубовую скамью, и вновь пришедшие, не говоря ни слова, уселись, сложив ладони, и приготовились молиться.

- Пускай и эти четверо попросят Бога за меня , - необычайно серьезным тоном сказала Джессика.- Приговоренным не отказывают верно?

Слуги, повинуясь знаку Анны , опустились на колени, все благочестиво опустили глаза , и священник нараспев забормотал слова молитвы.

Медлить было нельзя ни минуты - сейчас они закончат молиться и примутся за нее, Джессику.

У пленницы был только один шанс, и она постаралась его не упустить.

Дверь оставалась открытой – слуги, потеряв бдительность, забыли о своих обязанностях, и эта забывчивость сыграла на руку нашей героине.

Метнувшись к двери, Джессика в мгновение ока выскочила в коридор. Всеобщая растерянность пошла ей только на пользу – дубовая дверь была невыносимо тяжелой, но

Джессика – откуда только силы взялись!- мигом с ней справилась. Засов прыгал в ее руках как живой, но она сумела совладать и с ним.

Изнутри что-то кричали, слов она расслышать не могла, но интонации были угрожающими. Послышался глухой шум и удары – судя по-всему, сидеть в заточении баронессе не нравилось, но ее молодцам потребуется целый год, прежде чем они продолбят своими медными лбами эту чудовищную дверь, обшитую, для пущей верности, снаружи и изнутри железными полосками.

Приладив замок, Джессика, улыбаясь каким-то своим тайным мыслям, захватила с собой позеленевший от времени ключ.

- Пока, кретины,- сказала она, жалея, что никто этого не услышит.

Глава тринадцатая.

Так, ладно, допустим, первый уровень сложности пройден. Теперь нужно как можно скорее исчезнуть из этого гнусного замка, не дав себя поймать в очередной раз. Шестое чувство подсказывает ей, что второй раз Анну провести не удастся.

Пробежав без помех несколько расположенных анфиладой комнат, беглянка с размаху налетела на долговязого юнца, развлекавшегося плевками из окна.

Она опомнилась первой и засветила недоумку по носу тем знаменитым апперкотом, которому в свое время научилась у брата.

Бедняга, не издав ни звука, рухнул как подкошенный. Не давая парню опомниться, Джессика заломила руки ему за спину, придавила для верности коленом, выхватила из ножен на его поясе остро наточенный кинжал и , ничтоже сумняшеся, приставила лезвие к его трепещущему горлу.

- Где остальные?! Ну, живо, я с тобой не шучу!

- Кто? Кто?- пискнул он срывающимся петушиным фальцетом.

- Сколько вас тут всего, придурок, не тяни резину, я ведь зарежу тебя, клянусь!- яростно пообещала Джессика.

- Двенадцать…дюжина…

- Как дюжина?! Было же больше!- рассвирепела Джессика, сильнее заламывая ему руку.

- Четверо убиты в схватке,- взвыл он.

Дав ему передышку, Джессика занялась подсчетами. Если считать этого недоумка,у нее под контролем десять человек.

- Где еще двое? Где они, а?- ласково спросила она, наклоняясь к уху своего осведомителя.

- Пьер…Пьер на конюшне, а этот …как его…услали к барону…к его светлости…

- Ладно, я тебя поняла. Кто еще есть в замке?

- Ваши дети, мадам,- произнес дрожащий детский голос у нее над головой, и Джессика, подняв глаза, увидела испуганную девочку лет шести.

- Какие дети, у меня нет детей…ах,да,- спохватилась она.- Черт с ними, с детьми, мне сейчас не до них!

- Ах, мадам, неужели вы не любите нас больше?- страдая, малышка заломила тонкие как прутики ручки, глаза ее наполнились слезами, и Джессика, наконец догадавшись, с кем разговаривает, ощутила внезапный укол стыда. Обманывать детей некрасиво, но раз иначе не выбраться…

- Ну что ты, дорогая,- не выпуская своего пленника, она как можно теплее улыбнулась девочке,- когда мама разберется с делами, мы обо всем поговорим, ладно? А сейчас помоги мне, будь хорошей девочкой. Принеси мне кошелек – не помню, где я его обронила, да скажи в конюшне – пусть этот …как его …пусть Пьер коня седлает. Ну, беги, мой ангел!

- Не слушай ведьму, не слушай,- забубнили вдруг снизу, и Джессика в третий раз с успехом провела свой коронный болевой прием.

Девочка убежала. Теперь нужно было действовать решительно. Вскочив на ноги гибким кошачьим движением, Джессика потащила пленника за собой, вцепившись рукой ему в волосы. Забрав на всякий случай у него шпагу, она затолкала парнишку в какую-то крохотную келью, задвинула щеколду и отправилась дальше.

Столкновение сделало ее осторожной и осмотрительной. Теперь Джессика передвигалась медленнее – спряталась за портьерой, чтобы избежать встречи с хихикающими горничными, метнувшись под стол, пересидела триумфальный проход кухарки – толстой, краснолицей, коротконогой бабы, несшей трех ощипанных кур…

- Где эта проклятая конюшня?- бормотала Джессика, спускаясь по лестнице.

Корсет, затянутый сильными руками Мари, немилосердно сдавливал ребра, парча натирала шею, платье гремело и шуршало, словно было скроено из целлофана. Хотелось есть, хотелось встать под душ, хотелось домой в Нью-Йорк… да был ли он когда-нибудь? Поддавшись внезапному приступу паники, она остановилась, хлопнула себя по боку, где в складках платья помещался полотняный кармашек. Телефон был на месте. Страшно подумать, что может случится, если она его потеряет!..

Кто-то потянул ее за руку. Джессика отшатнулась, но тут же пришла в себя, увидев, что рядом с ней стоит давешняя девочка. В следующий миг в ее ладонь уютно лег потертый кожаный кошелек, до отказа набитый монетами.

- Веди меня в конюшню, детка. Срочное дело, маме надо кой-куда смотаться,- потрепав девочку по волосам, уложенным в замысловатую прическу, пояснила Джессика.

Спустя несколько минут доверчивая девчушка привела ее в конюшню, где пахло сеном, и пыль, висевшая в воздухе, танцевала в лучах солнечного света, лившихся сквозь высокие стрельчатые окна.

Лошади – их тут было не меньше двадцати голов, прядали ушами, отфыркивались и, переступая с ноги на ногу, мягкими губами тянули сухие стебельки из кормушек.

Видеть лошадей так близко Джессике никогда еще в жизни не доводилось, она даже не знала, с какой стороны к ним подойти, чтобы не раскроили череп копытом или не укусили за плечо этими ужасными желтыми зубищами.

А ведь ей предстояло не только оседлать одну из них, но и взгромоздиться на нее верхом, чтобы удрать отсюда, пока Анна-Луиза, обозленная, как гремучая змея, не придумала способа вырваться на свободу.

К счастью, девочка кое-что кумекала в этой науке, и вдвоем они отлично справились с задачей, которая казалась Джессике непосильной – столько ремешков, застежек, каких-то спутанных веревочек, железных бляшек…

Вложив кинжал в ножны, очень кстати оказавшиеся на поясе, Джессика отбросила шпагу, ставшую ненужной, и подобрала вместо нее валявшуюся на полу короткую железную палку непонятного назначения. Все-таки оружие на крайний случай!..

Пришла пора прощаться с девочкой. Взяв ее голову в свои ладони, Джессика с минуту вглядывалась в открытое, чистое лицо, обрамленное выбившимися из прически вьющимися золотистыми прядками, потом вздохнула, и легким касанием губ поцеловала ее в лоб.

Залезть в седло оказалось делом нелегким.

Лошадь, чувствуя неопытность седока, фыркала и пятилась, юбка сковывала движения, и Джессика в запальчивости прокляла всю эту идиотскую манеру наверчивать на себя столько лишнего тряпья.

В конце-концов , ей удалось занять очень неудобную, шаткую позицию, свесив обе ноги на одну сторону и, извернувшись всем корпусом, судорожно вцепиться в поводья.

Девочка, взяв в руку какой-то кожаный засаленный ремешок, повела клячу к выходу. Минуту спустя они оказались в залитом солнцем, мощеном булыжником дворе, из которого не было выхода.

Девочка, добежав до стены, уцепилась обеими руками за торчавший оттуда ржавый железный рычаг и навалилась на него всем своим тельцем. Джессика только-только успела подумать, что ничего у них из этой затеи не получится, как раздавшийся страшный скрежет и лязг спускаемых цепей убедили ее в обратном.

Перед Джессикой открылся путь к свободе!..

Глава четырнадцатая.

Перед тем, как ускакать, Джессика наклонилась к девочке и протянула ей ключ от комнаты, где была заперта вся честная компания во главе с Анной-Луизой, ее весьма буйной мамашей:

- Возьми. Скоро это тебе понадобится.

Девочка взяла ключ и отступила назад. Джессика тронулась с места.

В эту самую секунду мимо ее виска просвистела пуля, выпушенная если не из мушкета, то из чего-то другого, страшно древнего. Стреляли откуда-то сверху, но разбираться было некогда, следующая пуля могла попасть в цель. Нужно было спасать свою жизнь!..

Хлестнув своего лядащего скакуна – от удара лошадь взвилась, как будто у нее под хвостом какой-то шутник поджег пук соломы, Джессика на всем скаку вылетела в ворота.

- Держи! Держи ведьму!- раздался отчаянный крик за ее спиной.

Не оглядываясь, Джессика гнала лошадь вперед, нахлестывая ее, что есть мочи. Сердце колотилось так, словно хотело выпрыгнуть из груди. Песок летел из-под копыт во все стороны, ветер развевал гриву лошади и волосы наездницы…совсем как в шикарном открытом автомобиле, только трясло намного сильнее.

- Да я с тобой весь зад себе отобью, кляча ты несчастная!- взвыла Джессика.

Дорога свернула в лес, и горе-амазонка наконец-то смогла перевести дух. Останавливаться передохнуть на открытом месте было как-то страшновато – то и дело казалось, что шальная пуля вопьется сейчас между лопатками.

Натянув поводья, она заставила лошадь постепенно сбавить темп.

В лесу было замечательно. День клонился к вечеру , жара сменилась прохладой , и Джессика в какой-то момент почувствовала себя как на прогулке.

Она отпустила повод , давая возможность лошади идти как ей заблагорассудится, и принялась за подсчеты.

Итак… Если ей суждено провести здесь всего лишь сутки, то…Тогда осталось мучиться не больше, чем восемнадцать часов.

А если неделю?

Ой нет , лучше об этом не думать. Пусть будет восемнадцать часов - это и так чересчур много.

А если Анна уже выбралась из западни и снарядила погоню? Второй раз они так просто ее не отпустят, это уж как пить дать!

Может быть, стоит отсидеться в каком-нибудь придорожном трактире, заплатив хозяину за молчание? Она стегнула свое транспортное средство, чтобы оно бежало резвее.

Ладно. Пока все идет неплохо. Она свободна , при деньгах и едет куда вздумается…чего еще желать?

Спустя час с четвертью Джессика выехала к небольшому городку. Нищета ужаснула ее. От сточных канав несло прокисшим и свежим дерьмом – неужели никого не смущают эти ароматы?

Жители, попадавшиеся ей навстречу , смотрели на нее с изумлением. Джессика, в свою очередь, разглядывала их ноги , обутые в неуклюжие деревянные сабо , плоеные чепцы, огрубевшие от непосильной работы руки, обветренные лица… Все они кланялись ей, и каждый, остановившись , подолгу смотрел вслед.

Путь Джессики пролегал через площадь , запруженную народом. Прежде чем она поняла , что рискует застрять здесь надолго, лошадь вклинилась в толпу , и толпа за ней сомкнулась.
Поверх голов всаднице было отлично видно, что происходит в центре. Грубый настил из досок, какие-то столбы, вязанки хвороста …пикник у них тут намечается, что ли?

Долго удивляться ей не пришлось. Из боковой улочки на площадь выехала телега, влекомая немощной клячей, толпа зашумела, посыпались проклятия и грубые шутки.

У Джессики перехватило дыхание.

На телеге, обряженные в просторные белые рубахи, сидели две простоволосые женщины. Поджимая под себя голые грязные ноги, они пугливо озирались по сторонам.

Она не верила своим глазам. Неужели их привезли на казнь?

- Ведьмы! Ведьмы! Смерть им!- гудела толпа, заглушая гнусавый говорок священника, нараспев читавшего слова молитвы.

Джессика оглянулась по сторонам.

Деваться отсюда ей было некуда, разве что погнать лошадь вперед, передавив копытами половину окружавших ее зевак, многие из которых вытягивали шеи, пытаясь получше разглядеть, что же там происходит.

Между тем женщин принудили встать на ноги. Шатаясь, они поднялись на помост, и с покорностью обреченных на заклание овец встали у столбов.

Палач деловито примотал каждую цепями – в его движениях не было ни суеты, ни излишней нервозности – обычная спокойная деловитость человека, на раз и не два проделывавшего эти манипуляции.

На помост поднялись двое кряжистых , низкорослых и широкоплечих мужчин - подручных палача. Спустя несколько томительных минут , обе приговоренные женщины были завалены вязанками хвороста.

Джессика отвела глаза , почувствовав, что ее сейчас стошнит.

… Жуткий крик заставил ее подскочить в седле. Мигом вспыхнувшее сухое дерево отлично горело. Взметнувшееся пламя в мгновение ока взбежало вверх по рубашке, превратив одну из женщин в огненный столб.

Это продолжалось не дольше нескольких секунд – р-раз , и сгоревшая рубашка осыпалась с ее плеч черными хлопьями. Толпа загоготала, получив возможность поглазеть на обнаженное тело. Посыпались скабрезные шутки , но в этот момент загорелась рубаха на второй жертве, и все притихли, слушая ее отчаянные вопли.

Больше Джесссика выдержать не смогла.

Запах гари волнами накатывал на нее, вызывая спазмы в горле, желудок бунтовал, и не заботясь более ни о ком, кроме себя, она двинула коня прямо на людей.

Крики сжигаемых заживо женщин становились все пронзительней и ужасней, и даже отъехав на порядочное расстояние, Джессика слышала, как они звенят в ее ушах. Так вот, как здесь поступают с ведьмами…уж не уготована ли такая участь и ей? Проклятый француз, чтоб ему провалиться… втравил ее в такую историю!

Теперь она скакала без передышки, нахлестывая коня что было сил, и к счастью, он до сих пор не выказывал никаких признаков усталости.

Она достигла Парижа одновременно с заходом солнца. Ворота закрывались, но ей повезло в последнюю минуту проскочить между створками . Стража не обратила на нее никакого внимания – похоже, здесь привыкли ничему не удивляться.

Глава пятнадцатая.

Париж!.. Неужели это тот самый город, которым все так восторгаются?

Узкие кривые улочки, нависающие над головой кособокие домишки, смрад, грязь, визг и хохот непотребных девок, цепляющихся к горожанам… Ночь сгущалась над его головой, и Джессика в сотый раз за этот день почувствовала беспокойство.

Пора было подумать о ночлеге. К ее коленям уже дважды кидались какие-то оборванцы, и если от первого удалось просто-напросто ускакать, то второго пришлось стукнуть по темечку заботливо припасенной железякой.

Свернув на улицу почище, Джессика остановилась у какого-то сооружения с вывеской, на которой громоздилась грубо намалеванная снедь. Навстречу ей вышел мальчик, принявший поводья, и Джессика, не заботясь более о своем четвероногом спутнике, вошла внутрь трактира.

Появление великосветской дамы не оставило равнодушным никого из присутствующих. Трактирщик, сама любезность и предупредительность, кинулся расточать клиентке развесистые комплименты.

Его жена и дочь высунулись из кухни посмотреть, что за птица к ним пожаловала. Школяры, затеявшие веселую попойку, встретили ее появление заливистым свистом, и только присутствие гвардейцев помешало им познакомиться с ней поближе.

Блюдя фигуру, Джессика попыталась заказать что-нибудь диетическое плюс кофе без сахара, но хозяин выслушал эту тарабарщину с таким изумлением, что она не стала настаивать, поспешила отказаться от своего намерения и посмотреть, чем накормит ее средневековый Париж.

 Город ожиданий не обманул – ей подали нежнейшее жаркое из пулярки, молодой картофель, рагу из кролика с овощами, сыр, фрукты и бутылочку великолепного бордо.
 - Могу себе представить, сколько бы стоило это винишко в наши дни,- пробормотала она с набитым ртом.

Сытная еда располагала к отдыху. Распорядившись, чтобы трактирщик посчитал, сколько она должна ему за ужин и комнату, она поднялась наверх с го дочерью-толстушкой.

Комната, озаренная светом десятка свечей, была мрачноватой, но довольно уютной, с камином, большой кроватью и чьей-то неопознанной шкурой на полу – отель «Плаза» местного масштаба, не иначе.

- Я хочу вымыться, принеси мне воды,- приказала Джессика и, в ожидании возвращения девицы, ничком бросилась на постель.

Матрасы, набитые гусиным пухом, оказались настолько мягкими, что она ушла в них с головой, как в зыбучие пески.

Со смехом барахтаясь среди покрывал, она не расслышала стука в дверь, и опомнилась лишь тогда, когда обнаружила стоявшего посреди комнаты высокого человека, закутанного в плащ.

Лица она разглядеть не могла, лицо скрывалось под широкополой шляпой, но в позе ее незваного гостя не было угрозы, и Джессика не торопилась поднимать шум или хвататься за кинжал.

- Чем обязана?- холодно спросила она, выпрямляясь среди скомканных одеял на разоренной постели.

Вместо ответа незнакомец снял шляпу, и Джессика, вглядевшись в него, ахнула от изумления.

Не может быть!

Брат?..

Откуда?!

- С ума сойти, какими судьбами? Как ты тут оказался, Дастин?

- Приехал из Кале,- глухо ответил он.

- Откуда?!..

- Из Кале, где еще полгода назад был так счастлив с Клотильдой и дочерьми,- глаза его блуждали, усы топорщились …но ведь у Дастина…у Дастина нет усов!

-Кто ты? Как твое имя?- ахнула она, пораженная сходством.

- Несчастная, последние события лишили тебя рассудка!..Кем же мне быть еще, как не шевалье д-Анкра, твоим кузеном. Мы вместе росли и… Анна-Луиза, опомнись! Что с тобой?

- Да нет, я в порядке,- замотала головой Джессика,- конечно-конечно, я просто перепутала тебя с кое-кем…то есть , не то, чтобы перепутала, я-то как раз тебя узнала, но только ты оказался не ты, а кто-то другой. Вот видишь, как просто! Я уже во всем разобралась.

- Это пагубные страсти сводят тебя сума,- мрачно ответил он,- клянусь, настанет день, и я отомщу этому вертопраху…Отомщу, как только представится возможность!

В дверь заскреблись снаружи. Визитер отступил в тень, служанка внесла таз с теплой водой и, с любопытством стреляя по сторонам быстрыми глазами, не удержалась от вопроса:

- Вы разговаривали с собой, мадам?

- Я молилась,- строго ответила Джессика, и девушка благочестиво сложила руки.

Заперев за ней дверь, Джессика решила сменить скользкую тему.

- -А как поживает это твоя …как же ее звать-то? ..Как дети?- беспечно спросила она.

- Месяц назад в Кале сожгли дюжину женщин. Моя несчастная жена была в их числе,- мертвым голосом отозвался ее ночной гость.

- Сожгли?! Ты шутишь! За что?!..

- Ее обвиняли в наслании чумы на Кале.

- Чумы?..

- Да-да, чумы, не пощадившей ее собственных детишек!

- Бедный ты мой, - бросившись в его объятия, Джессика принялась гладить брата по волосам, запыленным и жестким, по заросшему щетиной лицу, и гладила до сих пор, пока его губы не заскользили по ее шее вниз и не замерли в ложбинке меж подпертых корсетом грудей.

Подняв ее на руки как пушинку, брат бросил Джессику на постель, и сам принялся торопливо разоблачаться.

- Эй, эй, ты в своем уме?!- прошипела она, выпутываясь из-под тяжелых, сбившихся на сторону юбок.- прекрати немедленно, слышишь меня?!..

Оставшись лишь в белой шелковой рубахе с кружевным воротом и манжетами, человек, называвший себя ее кузеном, навалился сверху.

Его жадные руки шарили у нее по груди, метались под нижними юбками – затрещала одна, другая, когда он, обозленный ее упорным сопротивлением, принялся рвать одежду. Его жесткие колючие губы тем временем неистово жевали рот Джессики, настойчивый шершавый язык лез внутрь, раздвигая плотно сжатые зубы, и в какой-то момент ей показалось, что справиться с ним не удастся.

Секунду спустя ее правое колено попало в цель. Анри придушенно взвыл и откатился в сторону.

- Так ты не хочешь провести со мной ночь?- спросил он, отдышавшись.

- Слава Богу, дошло до идиота,- злобно прошипела Джессика, приводя себя в порядок.

-Сказала бы сразу, - мрачно буркнул он.- А ведь раньше ты не была такой недотрогой, сестренка. Вспомни, ведь это именно я сорвал цветок…

- Какой еще цветок?

- Который стал теперь крапивой , - огрызнулся он.- Ладно , перейдем к делу. Почему ты здесь?

- А где мне быть?

- Не далее как вчера я получил известие, что ты возвращаешься в Плесси.

- Я передумала.

- Но ты рискуешь головой!

- Наплевать!

- И все из-за этого выскочки…этого мелкопоместного дворянчика, который, к тому же, на днях женится! Зачем ты осталась в Париже? Играешь с огнем?

- Отстань, надоело. Ты что, все девять жизней таскаешься за мной с поучениями?

- Что ?

- Ничего, это я так.
- Король, твой единственный покровитель, при смерти. Не сегодня, завтра он испустит дух, и что тогда? Королева только и ждет возможности спустить на тебя всех собак, а ты … Ты бегаешь по Парижу даже без плаща! Думаешь, удастся расстроить свадьбу? И не надейся. Я не позволю тебе совершить эту глупость и запятнать свое имя позором на веки вечные!..

- Послушай,- задумчиво спросила Джессика, накручивая на палец прядку волос.- А какая она, эта Одетт? Красивая?

- Скорее, миленькая,- пожал плечами Анри.- Обычная, таких сотни.

- Богатая?

- Ее семья владеет обветшалым замком и двумя-тремя деревеньками. Да что с тобой, Анна, ты ведь не хуже меня все это знаешь!

- Так почему же он на ней женится?- настаивала она.

- А я почем знаю? Говорят, любовь,- ворчливо ответил братец.

- Ах, вон оно что. Любовь…

- Анна, дорогая, оставим это. Ты так и не ответила мне. Почему ты здесь, в Париже, что за игру ты ведешь?

- Не волнуйся, завтра же уеду.

- Тс-с-с,- перебил он, приложив палец к губам, подошел на цыпочках к двери и приоткрыл ее ровно настолько, чтобы услышать, отчего все вдруг так загомонили внизу.

- Король умер! Король мертв!- отчетливо донесся чей-то взволнованный голос.

- Теперь ты здесь вне закона,- заперев дверь, Анри приблизился к ней, и Джессика даже в призрачном мерцании свечи разглядела, как он побледнел.- Впрочем, как и я. Нас обоих могут схватить в любую минуту. Нужно немедленно уезжать. Едем!..

- -Я остаюсь,- вжавшись спинку кровати, твердо сказала мнимая Анна-Луиза.

- О, проклятое упрямство!- зарычал он, бессильно потрясая сжатыми кулаками.- Мы погибнем здесь оба! Ты и меня утянешь за собой в преисподнюю!..

- Уезжай, что тебя держит?- Джессика безразлично пожала плечами.

Слишком многое свалилось на нее за сегодняшний день – барон, Анна, теперь этот неистовый Анри д- Анкра, неизвестность, желание отсидеться в спокойном месте – какое ей, в сущности, дело до всех этих перипетий! Завтра в полдень ей вновь предстоит перемещение неизвестно куда – вот о чем надо помнить прежде всего.

- Хорошо. Я берусь устроить тебе свидание с этим щеголем,- донеслось до ее слуха.- Но поклянись, что, повидавшись с ним, ты позволишь мне увезти тебя в безопасное место!

- Я спа-ать хочу,- простонала она, приподнимая усталые набрякшие веки.-

Послушай, Дастин … то есть нет, не Дастин …давай отложим до утра все эти разборки …никуда они не денутся, слы-ышишь?..

Сон накрыл ее внезапно, словно кто-то набросил на голову одеяло – р-раз, и темнота.

Постояв в нерешительности у постели, Анри взял себе несколько подушек и одеял, отошел к двери и устроился на полу – теперь никто не смог бы попасть в комнату, не потревожив его.

Спустя минуту комнату оглашало лишь мерное дыхание двух спящих людей.

Глава шестнадцатая.

Проснувшись, Джессика не торопилась распахивать глаза, боясь забыть чудесный длинный сон – черт возьми, все было так замечательно!.. она до сих пор может вспомнить волшебные запахи луговых трав, вот только что-то сжимает грудь, мешает дышать …что бы это могло быть?

Она провела рукой по животу, нащупала шнуровку корсажа и подскочила, как распрямившаяся пружинка. Так это все наяву! Проклятье!..

За окном слышался плеск воды, чей – то смех, фырканье лошадей …Вспомнив о брате, она обвела глазами комнату. Ни души.

- Господи, от меня воняет,- простонала она.- Я ездила в этом платье в карете, на лошади, валялась в нем по полу и в кровати … я совершенно не представляю, как снять его и вымыться!

Оставалось одно – позвать на помощь. В этот раз явилась жена трактирщика, хитрая баба с лисьими повадками и льстивым голосом. Пальцы ее были толстыми, ногти – обломанными, но управляться с корсетом она умела.

С наслаждением поплескавшись в тазу, Джессика приступила к одеванию, попутно что-то сочиняя в ответ на расспросы трактирщицы.

Порывшись в кошельке, она достала монетку и приказала купить себе плащ и шляпу с широкими полями.
- Сдачу можешь взять себе,- сказала Джессика, и глаза женщины радостно заблестели , очевидно, сделка оказалась выгодной для нее.

В ожидании шляпы наша героиня позавтракала гусиным паштетом, прикидывая, что от такого меню скоро разжиреет не хуже хозяйской дочки.

- Интересно, сколько мне еще тут торчать?- расхаживая по комнате, пустилась она в разговоры сама с собой.- Хорошо, если все кончится сегодня в полдень, а если нет?

Король умер, на Анну объявлена охота, а так как вместо нее под руку обязательно попадусь я, все шишки посыплются на мою голову. Ну, и куда же мне податься? Еще этот полоумный Анри свалился неизвестно откуда…того и гляди, притащится вся остальная родня… вот и будем кочевать по этому проклятому времени как цыганский табор!..

Получив плащ и шляпу, Джессика напялила их на себя, в мгновение ока став неузнаваемой – воронье пугало, да и только. Конечно, мужчины теперь на нее даже и не посмотрят, ради спасения жизни можно временно пожертвовать собственной привлекательностью.

Захватив свои вещи, она вышла на лестницу как раз вовремя, чтобы услышать доносящийся от входных дверей повелительный голос Анны де Плесси:

-Эй, кто там! Комнату для меня и моих людей!

У Джессики подкосились ноги.

Что делать?!

Трактирщице нужна ровно секунда, чтобы начать шумно удивляться поразительному сходству двух своих постоялиц.

Закутав лицо плащом, опустив голову, она скользнула вниз по скрипучей, шаткой лестнице, и все, кто стоял внизу, подняли головы.

Призвав на помощь все свое хладнокровие, Джессика двинулась дальше.

 К счастью, никому не пришло на ум вглядываться чересчур пристально в фигуру, больше похожую на привидение, им вскоре опасное место осталось позади.

Во дворе, где среди прочих кляч был привязан и ее Буцефал, Джессику ожидал еще один сюрприз. Возле ее коня стояли двое прихвостней Анны и, всплескивая от полноты чувств руками. Спорили, не из их ли конюшни была уведена эта лошадь.

Наконец, третья встреча ждала ее за воротами.

Зазевавшись, Джессика чуть было не налетела на своего братца, огромными шагами пересекавшего булыжную мостовую.
- У меня здесь стало слишком много знакомых,- хмыкнула она, сворачивая за угол.- Плюнуть некуда!..

Париж жил своей повседневной жизнью. Зычно кричали зеленщики, расхваливая товар, подпрыгивая на камнях, проезжали кареты, прячущие внутри изнеженных аристократок, и телеги, на которых крестьянские дети, хохочущие и распевавшие куплеты, сидели на соломе рядом с овцами, курами и поросятами. Бренча железными доспехами, прошагали стражники.

В крытой галерее расположились торговцы кружевом, за ними – золотых дел мастера. Джессике приглянулась брошь, усыпанная драгоценными камнями, она так и сяк вертела ее в руках, но, сообразив, что стащить ничего не удастся, с неохотой положила прелестную вещичку обратно.

Широкая улица переходила в мост, затем разветвлялась на несколько грязных кривых переулков. Раздумывая, куда податься, Джессика остановилась на мосту, сплошь заставленном лотками торговцев – купить, что ли, этот кошелек, сплетенный из золотых нитей?..

Миновав мост, она спустилась к воде, присела на камень, сняла жаркие кожаные туфли, закрывавшие ступни до лодыжек, и опустила ноги в прохладную воду Сены.

За ее спиной послышался цокот копыт, но Джессика даже не обернулась. Мало ли карет разъезжает по Пари…

Широкая ладонь с размаху запечатала ей рот, лишив возможности дышать, чьи-то руки подхватили ее подмышками, и, не успела она опомниться, как оказалась в карете, туго спеленутая веревками по рукам и ногам.

Напротив нее сидела Анна, рядом – шевалье д-Анкра, чудесная семейная сцена… единственное, чего тут не хватало, так это жаровни с раскаленными щипцами внутри. А может быть, все это припасено где-нибудь неподалеку ее заботливыми родственниками?

- Поразительное сходство,- в десятый раз повторил Анри, не в силах придти в себя от изумления.- Сударыня! Кто вы такая?

- Не трудись, добиться правды от нее невозможно. То же самое я спрашивала у нее вчера , но увы , ответа так и не получила , - пожала плечами Анна.

- Колдовство какое-то! – продолжал удивляться двухметровый детина, суеверно держа скрещенными пальцы обеих рук.- А все эти вещи, что были найдены при ней - никогда не встречал ничего подобного! Колдовство, да и только!

-Ладно, остолопы, слушайте и запоминайте, -взвилась Джессика,- я из будущего , живу в Нью-Йорке , это Америка , на дворе 21-ый век, президент у нас Буш-младший , холодная война с Россией давно закончена! Теперь вам ясно, кто я и откуда?
Выслушав эту горячую тираду , звучавшую в их понимании настоящей абракадаброй, брат и сестра переглянулись. Женщина скривила губы в улыбке , больше похожей на гримасу , а мужчина, как человек осторожный, осенил себя размашистым крестом, возведя очи к небу и скороговоркой бубня себе под нос слова молитвы.

- Короче, придурки, что вам от меня надо, что вы ко мне прицепились?- рявкнула Джессика, сверкая глазами.- Чертовы прилипалы, как же вы мне осточертели!

- Мы тебя не искали , - резонно возразила Анна-Луиза, –вспомни, когда мой отряд напал вчера на карету с гербами барона де Плесси , рассчитывая найти там моего муженька-рогоносца и хорошенько с ним поквитаться , вместо него мы обнаружили там тебя, путешествующую под моим именем. Молчишь? Как тебе будет угодно. Мои молодцы умеют развязывать языки самым упорным лжецам. А может, ты хочешь попасть в руки святой иквизиции? У тебя есть выбор. Что предпочтительнее на твой взгляд?

- Что ты хочешь, сестренка? Чего ты добиваешься?- устало спросила Джессика.- что бы я ни сказала, тебе ничего не нравится. Заладила как испорченная пластинка – ведьма, смерть, инквизиция, пытки…Давай, выкладывай, что тебе надо..Уж кого-кого, но тебя я знаю, как свои пять пальцев. Ну? Что ты задумала? Убить моими руками барона? Зарезать Одетт? Отравить королеву? А может, все сразу?

- Помоги мне, и ты заслужишь легкую смерть, обещаю,- преодолев замешательство, жарко шепнула Анна-Луиза,- я заплачу палачам, и тебя удушат перед сожжением, клянусь!

-Заманчивая перспектива, что и говорить,- согласилась Джессика,- хорошо, я сделаю, что ты просишь. Только дай мне три дня, ок? со всей этой беготней я что-то подрастеряла свою колдовскую силу. Да и для тебя такая передышка будет очень кстати. Составишь полный список твоих врагов, купишь мне новую метлу, и в назначенное время я перережу глотки всем, кто тебе не угодил. С кого начнем? С барона или с Одетт? Тебе ведь нужно быть вдовой к тому времени, когда безутешный граф де Шарни начнет подыскивать себе невесту взамен той, безвременно почившей. Ах да, совсем забыла тебе сказать…если хочешь, я могу сварить тебе отличное приворотное зелье, и тогда этот парень до конца жизни ни на кого больше не взглянет. Мне и нужно-то для этого всего ничего – хвост столетнего бегемота плюс половинка морковки без пестицидов …а? Что ты говоришь?

- Первой будет Одетт,- глухо вымолвила Анна, отворачиваясь к окну и отгибая занавеску.- А-ах!.. Анри! Останови карету, умоляю!..

Джессика успела мельком увидеть группу всадников. Судя по тому, как судорожно вздымалась грудь Анны-Луизы, как заалели ее щеки и заблестели глаза, она увидела предмет своей страсти и не смогла с собой совладать.

- Анри, оставь нас …Нет, подожди, надень ведьме шляпу и забросай ее подушками…Ах, он заметил…Заметил карету…Он едет сюда!
Всадник спешился, передал поводья сопровождавшему его слуге, поцеловал ручку, протянутую баронессой через окно, открыл дверцу кареты и легким толчком запрыгнул на освободившееся сидение.

- Алан!- молитвенно сложив руки, пролепетала отвергнутая возлюбленная.

- Итак, сударыня, вы продолжаете меня преследовать,- резко отозвался он, и Джессика вздрогнула, услышав, что голос, как и внешность, ничуть не изменился.- Сегодня утром вы прислали ко мне вашего брата, но дворянину не пристало заниматься сводничеством, и я вышвырнул его за дверь. Теперь вы выследили меня на прогулке!.. Сударыня, я повторяю вам в сотый раз – между нами все кончено. Ваша навязчивость невыносима! Невыносима, слышите!..

- Алан, я рискую многим … слишком многим! Находясь здесь, в Париже, я рискую головой, но делаю это только ради вас … Ради вас, поймите! Я люблю вас, граф, и ничего, ничего не могу с собой поделать!.. Дайте вашу руку, я приложу ее к груди, и вы услышите, как бьется мое несчастное израненное сердце!

Джессика склонила голову набок, пытаясь разглядеть человека, которому ее когдатошнее «я» столь откровенно вешалось на шею. Кожаные башмки, крепкие икры, обтянутые белыми чулками, шитый золотом пурпурный камзол…это все, что ей удалось увидеть. Ничего особенного, решила Джессика, не понимаю, из-за чего вся эта суматоха!

- Оставьте ваши уловки, Анна-Луиза, умершей страсти не воскресить хладнокровно хмыкнул он.- Прощайте.

- Алан, клянусь, пройдет совсем немного времени, и мы с вами станем снова принадлежать друг другу!- пылко воскликнула баронесса.

- Во сне, сударыня, во сне!

- Нет, Алан, наяву!..

- Только если все силы ада придут к вам на помощь, прелестница. Прощайте же, прощайте!

Не дожидаясь, пока стихнут его шаги, анна схватила Джессику за плечи и встряхнула с поистине неженской силой.

- Зелье! Ты сваришь его сегодня!- прошипела она.- Сегодня! Сейчас! Немедленно!..

Оттолкнув Джессику от себя так, что та ударилась спиной о какой-то выступ и чертыхнулась, сморщившись от боли, неистовая воительница вскричала:

- Анри! Едем!

Карета дернулась, и Джессика полетела головой вперед, инстинктивно выставив руки перед собой – для того, чтобы защитить лицо.

Глава семнадцатая.

…Следующее, что она увидела, была оскаленная, храпящая морда коня, вставшего на дыбы и, словно со стороны, себя, скрючившуюся от страха между его вздыбившимися копытами, каждое из которых могло раскроить череп надвое.

- Мисс! Мисси! Откуда вы взялись на дороге, хотел бы я знать? Зачем вы бросились под колеса моего экипажа?- допытывался кучер, а из окна уже выглядывала испуганная старушка в белоснежном чепце с оборками.

- Где я?- полуобморочным голосом спросила Джессика, не отнимая ладоней от лица.

- Бедняжка, как же вы испугались! Немудрено и имя свое забыть, не то, что название города. Вы в штате Джорджия, мисс, это Невилл-сити. Ну как? Начинаете припоминать?

- Веди ее сюда, Реджи, веди скорей!- вскричала старушка, заламывая коротенькие пухлые ручки.- Ведь это наша дорогая Сьюзан …неужели ты не узнал ее сразу?!

- Узнал, узнал, мисси, теперь узнал,- бормотал старый негр, и слезы текли по его широкому морщинистому лицу.

- Ага, теперь, значит, меня зовут Сьюзан,- понемногу приходя в себя, пробормотала Джессика.- Анна-Луиза, верно, кусает себе локти, оставшись без приворотного зелья!

- Сьюзи, Сьюзи,- голосила старушка, прижимая Джессику к груди.- Девочка моя, почему ты здесь, почему в таком виде? Детка, ты явно не в себе! Что за платья ты носишь?! Где Саймон? Неужели он отпустил тебя одну? Сьюзи!.. Ты меня узнаешь?

- Нет,- с подкупающей улыбкой ответствовала Джессика.

Она еще не решила , как себя держать , но , судя по всему, без маленькой амнезии тут не обойтись. Кто, например эта славная старая леди, что приняла в ней такое живое участие?

- Я твоя бабушка, леди Уилсон, - обливаясь слезами, твердила старушка.- Ах, девочка, ты разбиваешь мне сердце!.. Садись же скорей в коляску, едем домой!

- Последнее время я только и делаю, что разъезжаю в конных экипажах, - вполголоса сказала Джессика, устраиваясь поудобнее.

- Прости, Сьюзи, я не расслышала…

- Я спрашиваю, как дома? Все в порядке?

- О да, детка, благодарение Богу! Эндрю вернулся из кругосветного путешествия. Отец уже распрощался с мыслью сделать из него плантатора – урожаи маиса и хлопка не вызывают в нем решительно никакого интереса…да ведь и ты не хуже меня знаешь, каким никудышным хозяином он себя выказывал. Мечтатель, фантазер – что с него возьмешь?

Девочки только что побывали на первом своем балу – они такие смешные, пухленькие, кудрявые, в веснушках … и у каждой уже есть по паре поклонников! Я помню этих мальчиков малышами, и вот те на – они уже ухаживают за моими внучками! Джонатан затеял перестраивать дом – правое крыло совсем обветшало. Единственное, что решено оставить нетронутым – это комнаты Эллис. Пусть все остается так, как было при моей дорогой жене, говорит джонатан, и все мы, конечно, с ним соглашаемся.

- О да, да, конечно,- с жаром подтвердила Джессика,- а кто они такие, эти Эллис и Джонатан?

Прижав к губам кружевной платочек, старушка поглядела на нее с неподдельным ужасом.

Кажется, я снова опростоволосилась, пронеслось в голове у нашей героини.

- И зачем, зачем я отправила тебе то письмо!..- простонала леди Уилсон, окончательно расстроившись,- признаться, я надеялась, что три года счастливого замужества совершенно изгладили из твоей памяти все, что связано с Ричардом Бейли, но нет, видимо, он все еще дорог тебе. Ах, Сюзи, сюзи, бедная моя девочка! Теперь-то я все понимаю! Узнав из письма о предстоящей свадьбе, ты не смогла сдержать порыва, и бросила все – дом, мужа, маленького сына, налаженную жизнь…ах, Сюзи, неужели ты до сих пор любишь этого недостойного человека?

Джессика вытаращила глаза, пораженная услышанным.

Как, опять?!..

- Конечно, любишь, я вижу это по твоему лицу,- со вздохом заключила старая дама.

Повисло неловкое молчание.

Джессика уставилась в окно.

Забавно!.. Неужели этому парню суждено путаться у нее под ногами на протяжении столетий, каждый раз вызывая пламенную страсть и провоцируя на разные безумства? Тогда, в нью-йорке, он не произвел на нее особого впечатления. Да, красив, но сколько похожих на него приторно-сладких красавчиков рекламируют новые сорта мороженого… И не сосчитать!

- И… кто же его невеста?- откашлявшись, спросила она.

- Какая-то француженка. Одиль де… нет, не так. Одетт де… не помню, детка.

За окном мелькали ухоженные поля. Негритянки в белых тюрбанах на голове и немыслимо ярких цветастых платьях, споро собирали хлопок, складывая его в большие корзины. Так вот, как оно выглядит, рабство!

На пригорке, полускрытый кронами столетних дубов, возвышался дом с колоннами. К нему вела широкая подъездная аллея , усыпанная белыми камушками. Завидев движущийся экипаж, из рощи выехал всадник – щегольски одетый молодой человек в белом цилиндре. Поравнявшись с ним, Джессика узнала в выхоленном денди своего вечно небритого брата Анри… нет, Дастина … тьфу ты , с ума сойти можно!

Весело , от души рассмеявшись, она протянула ему руку.

- Сьюзан? Какими судьбами?- поразился он,- где твои вещи, где экипаж? Где, наконец, Саймон?

- Не надо, Эндрю, ничего не спрашивай,- покачала головой леди Уилсон.- Все разъяснится позже…Позже. Сюзи нужно отдохнуть и прийти в себя. Пожалуйста, поезжай вперед и предупреди всех остальных в доме.

Похоже, старушка обладала здесь немалым авторитетом. Ласково кивнув сестре, Эндрю отправился выполнять распоряжение. Джессика была весьма благодарна им обоим. Теперь-то никто не посмеет изводить ее дурацкими расспросами, и если не случится нечто из ряда вон выходящее, ее ждут отличные деньки в хорошей компании.

Приятно, черт возьми, вернуться туда, где все тебя любят … ну ладно, пусть не тебя, а твоего двойника, но если часть этой искренней любви перепадет и тебе, то это совсем неплохо.

Встречать вновь прибывших высыпали все обитатели большого дома.

Первым Джессику обнял высокий мужчина с красным, обожженным солнцем лицом и обветренными руками – судя по всему, ее отец.

Затем настала очередь Эндрю, потом на Джессику налетели как воробьи те самые смешные рыжеволосые девчушки-близнецы – как их зовут-то?- и наконец, последней подошла сухая, как жердь, дама со взбитой прической и моноклем в глазу. После нее вереницей пошли слуги. Они кланялись Джессике делали неуклюжие реверансы, цветя белозубыми улыбками, и она видела, что ее приезду действительно рады.

Девчонки, хохоча и толкаясь, потащили показывать Джессике ее комнату и, посидев там немного, тактично оставили гостью в одиночестве.

Оглядевшись по сторонам, она счастливо вздохнула. Какая чудесная светлая комнатка!..

На столе стояла миниатюра с ее портретом. Джессика взяла его в руки и с любопытством вгляделась в свои черты.

Какой ты окажешься, таинственная незнакомка?

Может быть, ты точная копия Анны де Плесси?.. Да нет, вряд ли. У Анны худое нервное лицо с бегающими подозрительными глазами, а эта Сьюзан выглядит настоящей пышечкой килограмм под восемьдесят.

Поцеловав зачем-то портрет, Джессика поставила его на место и подошла к шкафу. Потянула за дверцы. Может быть, стоит сменить опостылевшую средневековую парчу на что-то легкое, например, это муслиновое платье?.. При желании она , конечно, сможет завернуться в него два или три раза, но это лучше, чем вызывать сочувственные взгляды и прослыть тут умалишенной.

Позвонив, Джессика дождалась прихода служанки и принялась с ее помощью освобождаться от проклятого корсета и тяжелой душной парчи. Тем временем ей принесли поднос, уставленный едой - мой Бог, чего там только не было!..

Соорудив себе гамбургер из двух кукурузных лепешек и толстенного куска мяса, Джессика отправилась осматривать окрестности.

Дом притих, погрузившись в послеобеденную дремоту.

Побродив по парку, она присела отдохнуть в кружевной тени старых дубов, но, едва начав расслабляться, обнаружила, что она здесь не одна.

Голоса – мужской и женский – доносились из открытых окон какой-то комнаты, кажется, из библиотеки.

Надеясь услышать что-нибудь полезное, Джессика навострила уши.

- Ну разумеется, она приехала из-за него,- подала голос высохшая треска, и Джессика явно почувствовала ее неприязненное к себе отношение. Интересно было бы узнать, что они не поделили с той Сьюзан, с настоящей?

- К сожалению, Эвелин, достоверно никто из нас пока ничего не знает,- мягко ответил мужской баритон, принадлежавший, по-видимому, отцу семейства.

- Ты должен настоять, чтобы она уехала! В конце-концов, замужней женщине, матери семейства, надо соблюдать определенные правила … или ты хочешь, чтобы мы все были опозорены?

- Ну-ну, не стоит бросаться словами, - все с той же подкупающей мягкостью ответил мужчина. Кажется, Доновану совсем не хотелось ссориться.

- Бросаться словами?.. Послушай, я тебя не узнаю! Где былая твердость, где уверенность? Умоляю, посмотри фактам в глаза! Три года назад Сьюзан вышла замуж – заметь, не по своей воле!- уехала с мужем в Форествилль, и появилась здесь только после известия о его предстоящей свадьбе – босая, без экипажа, без слуг, в каких-то обносках и явно не в себе!

- Бедная, бедная моя девочка! Подумать только, ведь это я настоял на ее браке с Саймоном Роу, это я сделал свою дочь навсегда несчастной! И ведь она ни разу, ни единым словом не упрекнула меня, не намекнула в своих письмах, как плохо я с ней обошелся!

- Не вини себя, Донован, что сделано, то сделано. К тому же, ты ведь всегда хотел для Сьюзан только добра, а это нелепое увлечение шалопаем Бейли считал пустым капризом. Кем был этот парень тогда, вспомни! Голытьбой, белой рванью … разве ты мог позволить Сьюзан связать свою судьбу с таким человеком? Ах, Донован, не в этом сейчас дело. Сьюзан нужно немедленно отправить к мужу, иначе по округе пойдут кривотолки. Неужели ты хочешь позволить людям шептать за твоей спиной, что Сьюзан продолжает бегать за мужчиной, который, к тому же, женится на другой? Немыслимо!.

- Эвелин, прошу тебя!- мужской голос взвился как взмах хлыста, и Джессика с удовлетворением уловила в нем признаки надвигающейся грозы.

Выпрямив спину, Эвелин Бакстер с видом оскорбленной в лучших чувствах герцогини поджала губы.

- Позволь напомнить, что у тебя подрастают еще две девочки. Какая репутация будет у них, если все в городе начнут смаковать поведение твоей старшей дочери? Эллис никогда бы такого не допустила. И будь я на месте Эллис…

- Но ты не на ее месте, Эвелин, и никогда его не займешь,- негромко, но твердо сказал он, отчетливо выговаривая каждое слово и глядя куда-то поверх ее головы.

Ого!..Да здесь бушуют нешуточные страсти! Старая каракатица – кто она такая, родственница, приживалка?- явно метит занять освободившееся место возле моего строгого, но справедливого папочки, изумленно подумала Джессика. Кто бы мог подумать, что у таких старых и страшных теток тоже бывают какие-то сердечные тайны!..

Повисла пауза, затем кто-то коротко всхлипнул, со свистом втянув в себя воздух. Прошло несколько минут, прежде чем разговор возобновился.

- Напрасно,- сдавленно проговорила женщина, комкая в больших, костистых, некрасивых руках мокрый от слез кружевной платочек,- совершенно напрасно ты снова подчеркиваешь, что моя любовь для тебя всего лишь пустой звук. Пусть так… мне больно, но я надеюсь … Надеюсь когда-нибудь смириться с этой болью. И все же Донован, все же люблю девочек как собственных дочерей … в конце-концов, это дети моей горячо любимой и до сих пор оплакиваемой сестры … я пестую их с младенчества… так неужели ты думаешь … неужели ты…

- Послушай, Эвелин, я должен извиниться. Я был груб. Я не имел права оскорблять тебя в лучших чувствах. Надеюсь, ты не держишь на меня зла.

В его голосе слышалась безмерная усталость, в нем не было ни капли любви, ни намека на нежность, но Эвелин хватило и этого, чтобы снова расплакаться.

Опасаясь, что ее обнаружат подслушивающей, Джессика тихонько удалилась. Возвращаться в дом ей не хотелось, в сени дубравы было так прохладно по сравнению с душной комнатой, что она предпочла продолжить прогулку.

Глава восемнадцатая.

В траве, листая книгу, лежал Эндрю. Заметив, кто к нему приближается, он широко улыбнулся и сделал приглашающий жест рукой. Джессика села рядом. Улыбка ее казалась несколько смущенной. Еще вчера ночью он … то есть не он, конечно, но все-таки именно он … да нет, чепуха.

- Шекспир?- спросила она, решив попробовать, сильно изменились ли его вкусы.

- Да … тебе попадались его книги?

- Ты сам мне их давал.

- Не может быть, Сюзи, ты что-то путаешь. Я лишь несколько дней назад купил эту книгу.

- Знаешь… я видела странный сон,- задумчиво начала она, поглядывая на него исподлобья.- как будто мы с тобой живем в 21-м веке.

- Ого!- рассмеялся он, во весь свой огромный рост вытягиваясь на траве и глядя на нее с неподдельным интересом.

- Ты работаешь в полиции и вечно вытаскиваешь меня из всяческих передряг.

- В полиции? А что это такое?

- Охрана общественного порядка.

- Хм, забавно. И что же я делаю? Езжу на лошади с большим хлыстом и навожу на всех страх?

- Ты ездишь на автомобиле.

- Как ?..

- Такая коробка из железа с четырьмя колесами.

- Но тянет-то ее лошадь?

- Нет. Ее тянет мотор мощностью в 60 лошадиных сил.

- Надо же ! Представляю, как громыхает это сооружение!

- Метро громыхает намного сильнее.

- Метро? Что это?

- Подземный поезд.

- Ловко! А почему подземный?

- А на земле для него нет места. Ты спускаешься по движущейся лестнице глубоко-глубоко под землю, садишься в поезд и за три минуты уезжаешь на другой конец города. А если тебе нужно куда-то еще, ты летишь на самолете.

- Как ... летишь?

- Очень просто. Самолет поднимается в воздух, и ты летишь вместе с ним.

- У него перья? Он птица?

- Нет, он тоже из железа.

Эндрю расхохотался.

- Фантазерка ты, Сьюзан !.. А где мы живем?

- В Америке. На берегу Гудзона построят прекрасный город по имени Нью-Йорк. Вот в нем-то мы и будем жить. Знаешь, какие дома там возводят? Высокие, каждый не меньше чем в сотню этажей.

- Перестань. Кому нужен дом в сто этажей? Его же сдует ветром!

- Нет, не сдует. В домах полно всякой бытовой техники ... ну, созданы такие машины, которые облегчают человеческий труд. Они стирают за тебя белье, моют посуду ...есть такие, что навевают прохладу, а если тебе надо быстренько разогреть еду, ты можешь включить микроволновую печь. Напитки мы храним в холодильниках, это такие специальные шкафы, где еда сохраняется свежей в течение многих дней. Телевизоры...

- А это что за штука?- посмеиваясь, спросил он.

- Большой глаз, который показывает все, что происходит в мире.

- И что же там происходит?

-Войны. Убийства. Демонстрации. Дурацкие шоу, с записанным на пленку смехом.

- И что, все это тебе приснилось?- недоверчиво спросил брат.

- Н-нет… на самом деле, мы там живем,- осторожно сказала она, наблюдая за его реакцией.- Мы – люди из другого века. Да не смотри на меня так! В моем времени меня зовут Джессика, а тебя - Дастин. Привет, Дастин! Мне тебя не хватало.

- Идем , я отведу тебя в дом. Кажется , солнце напекло тебе голову , - изо всех сил стараясь казаться спокойным , испуганно заговорил он.

- Да брось, ты я не сумасшедшая. А негров у нас принято называть афроамериканцами. Это политкорректность, без этого никуда. Белая Америка в долгу перед своими темнокожими гражданами за многовековое рабство.

- Вернемся в дом, Сьюзи, прошу. Тебе нужно прилечь. Я принесу лед, приложишь к вискам…

- Сядь, Дастин, сядь, говорю тебе, я в порядке,- запротестовала Джессика, но было уже поздно.

Схватив ее в охапку, Эндрю что было сил припустил к дому.

Тремя минутами позже Джессика уже лежала в своей комнате на кровати с пузырем льда на голове, а целая орава слуг и домочадцев бестолково суетилась рядом.

- Знал бы ты, что она мне наговорила!- слышался взволнованный голос Эндрю из-за неплотно прикрытой двери.

- Что же? Ну, что?

- Я даже повторить не решаюсь… Дома в сто этажей, какие-то железные кареты, подземные поезда - полнейшая ахинея! Клянусь, в какой-то момент мне даже стало страшно за ее рассудок!

- Бедная девочка! Бедная Сьюзан! Это известие о свадьбе Ричарда Бэйли так на нее повлияло!.. Чертов голодранец! Одни неприятности от этого человека!.. Ну ничего, ничего. Будем надеяться, пройдет время, утихнет боль, и Сью станет прежней. Вот увидите! То, что с ней сейчас творится – не что иное, как временное помешательство. У нрас в роду никогда не было сумасшедших. А пока… Пока нам лучше не оставлять ее одну. Мы не можем подвергать опасности наше дорогое дитя. Кто-нибудь постоянно должен быть с нею!..

- Еще чего,- мрачно размышляла Джессика,- только конвоя мне не хватало! Какого, спрашивается, черта я разоткровенничалась с этим болваном? Нет, Дастин остается Дастином, как бы его не звали!..

Растаявший лед потек ей за шиворот, и Джессика взбунтовалась. Компресс убрали, подсунув вместо нее травяной чай с медом. Выпив пару глотков, Джессика попыталась подняться, но ее с гвалтом и ласковыми уговорами уложили снова.

Спустя час она все-таки встала. Подошло время ужина. За столом вся семья обращалась с ней как с хрустальной вазой.

После ужина играли в фанты, затем прочли молитвы и разошлись по своим комнатам. На пост у кровати Джессики заступила Минни, одна из горничных, с твердым намерением выполнить свой долг, во что бы то ни стало, но это было бы еще полбеды.

Пожелать спокойной ночи зашла тетушка Эмили, и надо же ей было сходу наткнуться на медальон с портретом Роберто, оставленный Джессикой в раскрытом виде у своей подушки! Вид у тетки был такой, словно ее огрели мокрой тряпкой по физиономии – ну как же, ведь все ее худшие предположения подтвердились. Однако, Джессика обладала мощным оружием против ее наскоков. Конечно, настоящая леди не должна подслушивать под окнами, а уж тем более- использовать полученные сведения в сугубо личных целях, но наша героиня и не претендовала на столь высокой звание, а потому не отказала себе в удовольствии кольнуть тетушку Эмили отравленным кинжалом в ее костлявый плоский зад.

-Ах, дорогая,- лицемерно вздохнула она,- вам ли не знать, что такое всепоглощающая любовь к мужчине, который и в мыслях не держал интересоваться вами! Он для вас - все, вы для него – ничто, пустое место, предмет мебели. Некоторые утешаются в замужестве…я, например…что служит утешением одиноким, отвергнутым старым девам я и представить себе не могу.

- Возможно, их долг по отношению к близким людям,- дрожащим от возмущения и обиды голосом ответила тетка.

- Слабое, очень слабое утешение,- легонько коснувшись ее плеча, ласково подытожила Джессика.

Повисла пауза.

- Ты давно обо всем догадалась, не так ли?- сделав над собой усилие, спросила ее престарелая родственница.

- Это ни для кого не секрет,- улыбнулась Джессика.
- И что же они все обо мне теперь думают?! Что они думают?..- несчастная женщина задыхалась, глаза ее увлажнились, лицо, и без того некрасивое, стало отталкивающе безобразным.

Поняв, что затеяла жестокую игру, Джессика пошла на попятный.

В конце- концов, безответная любовь – это не бородавка на носу, чтобы над ней подтрунивать.

- Что вы сделали правильный выбор,- сказала она примирительно.

- Правильный выбор…Правильный выбор…но они не осуждают? Не считают, что я…что мне не следует…

- Да нет. Никто ни о чем таком даже не думает. Успокойтесь. Да успокойтесь вы!- роль доброго ангела быстро наскучила нашей непоседе.- А теперь, милейшая тетушка, не могли бы вы оставить меня одну? Чертовски хочется спать…волнения, дорога и все такое – ну, вы понимаете…хочется полежать, подумать… Да, и сделайте одолжение – заберите с собой это пугало…ничьи услуги мне сегодня не понадобятся!..

Вытолкав под шумок из комнаты зазевавшуюся служанку, Джессика заперлась на засов, задернула занавески и принялась шарить в шкафу и комоде, надеясь на легкую поживу.

- Здесь и так все мое, никто не будет в обиде. Ну ладно, ладно, вещи принадлежат Сюзане, но ведь она – это я, так что формальности соблюдены. Ну, и где они хранят драгоценности?..

Драгоценностей не оказалось, зато нашлись любовные письма, перевязанные трогательной розовой лентой. Распотрошив пачку, Джессика уселась за чтение. Подписано Р. Бэйли, ну, разумеется. Посмотрим, посмотрим…

«Любовь моя, я в отчаянии! Неужели ты так и не найдешь в себе силы воспротивиться воле отца? Сьюзан, вспомни, мы любим друг друга, ты должна принадлежать только мне, одному мне….откуда он взялся, этот Саймон? Кто он такой? Разве он сможет сделать тебя счастливой, дорогая? Что он может тебе предложить, кроме своего состояния, своих плантаций? О, да, конечно, богатый жених предпочтительнее для твоей семьи, и твой отец предпочтет сделать тебя навсегда несчастной, чем позволит последовать велению сердца и связать свою судьбу с белой голытьбой… Но ведь мы можем бежать, мы обвенчаемся тайно, и вот тогда-то уже никто не сможет нас разлучить! Не думаю, что отец откажется выдать тебе твои деньги – особенно, когда увидит, как ты счастлива, как блестят твои глазки…а ведь ты не хуже меня знаешь, как пригодились бы эти деньги для моей – для нашей!- фермы…»

- Мерзавец,- пробормотала Джессика, опуская руки.- Он гонится за моим приданым, а я нужна ему как прошлогодний снег!

Разочарование было сильным. Она наскоро просмотрела стальные записки, потом сложила все вместе, кое-как перевязала и сунула туда же, откуда взяла. Красивая сказка о вечной любви обернулась пшиком.

Да-а… похоже, мужчины во все времена были обманщиками!

Кто-то тихонько поскребся в окно. Джессике не хотелось никого видеть – пристанут опять со своими дурацкими заботами, но стук повторился, и она сообразила, что помощь скорее предложат через дверь, чем в окно.

Откинув штору, она выглянула наружу и…оказалась лицом к лицу с этим, как его… Роберто. Ах нет, здесь он носит другое имя, вот только Джессика никак не могла вспомнить, какое именно.

- А, привет,- буднично сказала она, облокачиваясь на подоконник.

Глава двадцатая.

Светила луна – круглая, желтая, сад был полон таинственных шорохов. Необычайно сильно, словно перед дождем, благоухали лилии. Где-то неподалеку негромко всхрапывали лошади – обстановка складывалась романтичнее некуда, и Джессика посмотрела на своего горе возлюбленного уже без прежнего раздражения.

Ричард стоял перед ней в высоких охотничьих сапогах, костюм для верховой езды облегал его тело, как вторая кожа. Широкие плечи, свободная поза, иссиня-черные волосы, напоминавшие о его французских корнях, многое объясняли – да, именно такие мужчины всегда нравились Джессике … неудивительно, что она гоняется за ним веками!..

- Ты похудела,- сказал Рой.- Замужество явно пошло тебе на пользу.

В его голосе не было и намека на былую страсть – простая вежливость, не более того.

- Нам нужно поговорить,- продолжил он без всякого перехода.- Я привел лошадь для тебя – поедем, покатаемся?

- Никаких лошадей, прошвырнемся по парку и разбежимся,- проворчала Джессика, нашаривая ногой сброшенные туфли.

Укутав плечи шарфом, она как была в ночной рубашке, перемахнула через окно. Ее бывший возлюбленный, видя такую прыткость, только крякнул.

- Не верю своим глазам! Удивительно, как же ты изменилась за два прошедших года – совсем другой человек!- снова сказал он, поглядывая на Джессику с невольным уважением.

- Ладно, все это лирика, говори, зачем пришел,- откинув с лица волнистые пряди, нетерпеливо перебила она.

- Сьюзан…

- Ну?

-Сьюзан.

- Не тяни кота за хвост, черт тебя дери!

- Однако!.. замужество сделало тебя настоящей амазонкой, и если бы я не знал наверняка, что передо мной моя старая добрая подружка Сью, я бы мог подумать, что незнаком с тобою!

- Послушай, парень, прекрати причитать. Я понимаю, что тебе нелегко собраться с мыслями, но чем быстрее ты мне все скажешь, тем раньше сможешь свалить отсюда. Итак…

- Итак, ты вернулась, чтобы расстроить мою свадьбу?

- С чего это ты взял?

- Неделю назад в местной газете было объявлено о моей помолвке с … и назначена дата свадьбы.

- Ну и что?

- Сьюзан, тебя не было здесь целых три года, но стоило выйти этому номеру, и ты сваливаешься как лавина с гор. Что я должен думать?

- Послушай, не бери в голову, это просто совпадение. На твоем месте я не стала бы переоценивать собственную скромную роль в мировой истории.

- Увы, Сьюзан, ты не умеешь лгать. Ты приехала, чтобы не дать мне жениться на Одетт!

- Ну что ты, я ведь знаю, как важны для тебя ее денежки,- пустила она наугад отравленную стрелу , которая поразила его в самое сердце.

Глаза Роя потемнели, подбородок окаменел.

- Ошибаешься! У Одетт вовсе нет денег, но я люблю ее…люблю по-настоящему!

- Будь уверен, через пару лет это пройдет. Меня ты любил не меньше, но…- договорить ей не удалось.

Схватив Джессику за плечи, Рой так яростно встряхнул ее, словно девушка была мешком с мукой.

- Я никогда не любил тебя, слышишь? Мне льстило твое внимание, и только. Еще бы, ведь ты была первой в списке самых богатых невест нашего города. За тобой охотились лучшие женихи штата, богачи, красавцы! Ты была вольна выбирать любого из них, а выбрала меня, белую голытьбу, человека с двумя центами за душой, как правильно заметил твой отец, когда я явился просить у него твоей руки! И знаешь, я благодарен ему за это!

О, да, поначалу меня терзало разочарование. Я строил планы побега, твердо решив настоять на своем и все-таки заполучить тебя в жены . Разумеется, вместе с твоими деньгами. Что могло быть лучше для парня, мечтающего разбогатеть? К счастью, мои планы не осуществились, иначе жизнь стала бы адом. Нелюбимая жена, нищенство из-за жадности твоего отца- скупердяя, который объявил мне, что, сбежав со мной, денег ты не дождешься…

Тебя посадили под замок, а спустя несколько дней второпях выдали замуж. Твой папаша передал тебе содержание нашего с ним разговора, изобразив меня любителем легкой наживы. Ты до последней минуты надеялась, что я украду тебя из-под венца. Этого не произошло, и ты меня возненавидела.

День твоей свадьбы стал днем моего освобождения. Теперь я навсегда терял твои деньги, но обретал самого себя, свою душу – живую, трепетную, с надеждой рано или поздно вручить ее той, кого полюблю всем сердцем.

- Все это очень трогательно, но я не понимаю, зачем тебе понадобилось являться ко мне среди ночи с этими россказнями,- холодно отозвалась она.

- Все дело в письме, которое ты прислала.

- Я написала тебе?

- Да, сразу после свадьбы. Единственный раз за три года. Вот, я принес его с собой. Я знал, что ты начнешь отпираться, Сьюзан, знал и, как видишь, не ошибся.

- Ну хорошо, дай сюда. Я посмотрю, из-за чего весь этот сыр-бор!

- Нет, извини, в руки ты его не получишь. Я не позволю отнять или уничтожить единственное доказательство. В этом письме ты проклинаешь и упрекаешь меня, из-за того, что я не настоял на своем и не увез тебя вопреки воле отца, грозишься отомстить и обещаешь ненавидеть до конца жизни. Еще ты клянешься встать между мной и моей невестой, если таковая появится, разрушив наше счастье точно так же, как разрушили всю твою жизнь. Ну как, теперь вспомнила? Так что, по-твоему, я должен думать о твоем возвращении перед самой свадьбой?

- Послушай, я буду откровенной до конца. На самом деле мне глубоко наплевать как на тебя, так и на твою свадьбу. Оставь меня в покое!..

-Сьюзан, запомни, я не дам тебе сделать то, что ты задумала. Стоит тебе предъявить Одетт мои любовные письма как доказательство нашей связи, как я передам твоему мужу твои, а ведь их больше, намного больше! Я ославлю тебя перед всем городом, я не перед чем не остановлюсь, и твое последнее письмо послужит мне отличным оправданием.

- Что ты хочешь? Чего ты добиваешься?

- Все просто. Верни мне мои письма.

- В обмен на твои? То есть, я хотела сказать, на те, что написаны мной?

- Так будет справедливо.

- Хорошо, забирай свои писульки и катись к черту из моей жизни. И как я могла быть такой дурой? Где были мои глаза? Могла бы сразу догадаться, какое сокровище ты из себя представляешь!..

- Ты не права. Все дело в том, что мы слишком разные люди, Сьюзан. И еще в том, что я никогда не любил тебя. Это ты любила как сумасшедшая. Я лишь играл твоими чувствами, за что теперь и расплачиваюсь.

- Я смотрю, мы с тобой отличная парочка,- внезапно расхохоталась Джессика, откинув голову назад, и ее зубы блеснули в лунном свете.- Говорят, шантажисты неплохо уживаются вместе. Мне жаль, что все получилось так по-идиотски. Возможно, сложись жизнь по-другому, и мы были бы счастливы. Когда-нибудь ты оценил бы меня по достоинству...интересно, что такое есть у этой твоей подружки, что начисто отсутствует у меня? Почему ты так упорно хочешь на ней жениться?

- Не знаю...- негромко сказал он, каким-то неведомым образом оказавшись лицом к лицу с Джессикой.

Его пальцы зарылись ей в волосы, выражение глаз стало растерянным, и что-то внутри нее заныло и застонало в сладком предчувствии поцелуя. Их губы уже готовы были встретиться, но Джессика вдруг опомнилась и отстранилась, словно и в самом деле была замужней респектабельной дамой.

- Нет, это лишнее.

- Один поцелуй, Сьюзан, только один... в память о нашем прошлом!

- Ни одного. Еще не хватало мне самой втрескаться в кого-то из вас по-настоящему. Все, убери руки, я иду спать. Письма получишь завтра.

- Сьюзан!..

Ей стоило большого труда не оглядываться. Эти широкие плечи, эти бездонные черные глаза, это неистовство, скрывающееся под маской равнодушия...Никто из мужчин, с которыми она когда-то встречалась, не нравился ей столь сильно!

Джессика подумала о Роберто, вспомнила фотографию невесты в его спальне, и мир померк в ее глазах.

Немедленно, сию же секунду нужно вычеркнуть из памяти этого парня, иначе ей придется получить от него пинок и в своей настоящей жизни! Вряд ли человек, раз за разом женившийся на одной и той же женщине, захочет вдруг изменить своим привычкам!..

Глава двадцать первая.

Забравшись в открытое окно, Джессика скомкала шарф и зашвырнула его в дальний угол, затем, нырнула в постель и затихла, уткнувшись лицом в подушку. Впервые за много-много лет ей захотелось плакать.

- Ты дура, просто дура,- яростно прошипела она в темноту, тыча кулаком в ни в чем неповинную подушку,- хочешь любви, так найди кого-нибудь другого, пока не поздно! Только безответной любви тебе и не хватало…Можешь радоваться, теперь она у тебя есть!!

…….Проснувшись утром, Джессика с удивлением обнаружила, что сон почти полностью излечил ее израненную душу – то, что вчера вечером казалось настоящим чувством, сегодня, в лучах утреннего солнца, выглядело детской блажью.

Потягиваясь с наслаждением, она лениво размышляла, что с ней-то такого не случится. Нужно учитывать чужой опыт и чужие ошибки – только так можно избежать шишек на собственной голове. Примера Сьюзан и Анны-Луизы, влюбленных и брошенных, вполне достаточно.

Одевшись с помощью Пегги, причесав волосы и приведя себя в порядок, Джессика поспешила к завтраку. Прожив в этой семье совсем недолго, она уже успела полюбить всех домочадцев.

Она читала молитвы наравне со всеми, ловила на себе любящие, озабоченные и встревоженные взгляды членов семьи, испытывая странное, доселе незнакомое чувство покоя – словно после долгого и утомительного путешествия вернулась-таки к родному очагу.

Все шло прекрасно до тех пор, пока в столовую не вошел на подгибающихся ногах один из лакеев. Странное выражение его лица, приобретшего землистый оттенок, заставило смолкнуть общий смех, и Джессика инстинктивно угадала, что и на сей раз именно она станет причиной всеобщего переполоха.

- Мистер и миссис Тернер,- запинаясь, выдавил лакей, и люди, сидевшие за столом, недоуменно переглянулись.

Шаги. Шелест платья. До боли знакомый смех. Джессика сжалась. Ну почему, почему бы этой чертовой Сьюзан не притащиться из своей глухомани на день позже?!

Сьюзан впорхнула в комнату, и все ахнули. Из рук выпучившей глаза служанки со звоном посыпались вилки. На вошедшего следом Саймона – плотного румяного здоровяка, и няньку с прелестным полуторагодовалым мальчуганом на руках, никто даже внимания не обратил.

Сьюзан номер два, или, вернее, настоящая Сьюзан остановилась на полпути с открытым ртом. Приветственные слова примерзли к кончику ее языка.

Джессика, встречавшая свое ожившее зеркальное отражение уже не в первый раз, могла понять ее смятение.

- Кто это? Папа, кто это? Что здесь происходит?..- прерывающимся шепотом спросила она, опираясь для верности на руку своего мужа.

Вглядевшись в него пристальнее, Джессика вспыхнула. Однажды, когда-то давным-давно, надравшись как следует, она тискалась с точной копией этого парня в его машине, и неизвестно, до чего могло бы у них дойти, не появись вдруг его девушка.

Что говорить, воспоминание не из приятных!..

- Мы думали, что это ты,- пожав плечами, ответил отец, и лицо Сьюзан пошло красными пятнами.

Джессика с интересом разглядывала одну из прежних своих оболочек. Надо же, какая толстуха! И это дурацкое голубое платье с оборками, делающее ее похожей на трехдверный шкаф …а может, Сьюзан снова беременна? Живот у нее вздрагивает как желе при каждом вздохе и выдохе – нет, она не беременна, это жир, слоями откладывавшийся на талии и бедрах в течении долгих лет…ну, а в остальном, кажется, все то же самое.

- Я?! Папочка, но мы же совсем разные!- жалобно охнула Сьюзан, и кудряшки, как живые, запрыгали у нее надо лбом.

- Да, теперь я вижу…вот только кто из вас настоящая Сьюзан?- нахмурился Джонатан.

- Папочка!..

- Помолчи, дочь, дадим высказаться и другой стороне… Итак?

Все взгляды устремились на Джессику. В отличие от тетушки Эмили, с неодобрением взиравшей на лжеплемянницу, остальные смотрели на нее дружелюбно и с интересом.

- Она. Разумеется, она,- твердо сказала Джессика, и общий вздох был ей ответом.

- Но кто же в таком случае вы? Кто вы? Кто вы?..- раздались нетерпеливые голоса.

Улыбаясь, Джессика нашла взглядом Эндрю и тепло кивнула ему.

- Помнишь, Дастин, я вчера пыталась рассказать тебе об этом?

- Но доказательства? Где доказательства?

Вынув мобильный телефон – единственное, что у нее осталось после встречи с Анной-Луизой, Джессика пустила его по кругу. Пока домочадцы, изумленные донельзя, ощупывали и осматривали невиданное чудо, она подошла к Сьюзан и увлекла ее за собой к окну.

- Сегодня ночью он привезет письма,- сказала она вполголоса, и Сьюзан, мгновенно все поняв, закусила губу.

- Я отдам…Я все отдам…Пусть он не волнуется.

- Скажи, только честно, ты счастлива без него?

- Я счастлива с Саймоном,- твердо ответила она, и Джессика с удовольствием отметила, как похорошело лицо ее визави от смущенной и радостной улыбки.- Я очень счастлива с ним!

Джессике вернули телефон, она сунула его в карман и вновь повернулась к Сьюзан.

- Слушай, сестренка, я так за тебя рада! Дай пять,- протянув руку Сьюзан, она оступилась, неловко подвернула ногу – само по себе это было бы ничего, но, в поисках равновесия Джессика привалилась спиной к окну, выдавила нижнюю часть стекла и, лежа среди осколков на подоконнике, с ужасом увидела, что сверху, целя ей прямо в сердце, едет огромный стеклянный нож.

- Нет!!- отчаянно вскрикнула Джессика.- Не-е-ет!..

Глава двадцать вторая.

- Ну нет, так нет, чего разоралась,- буркнул кто-то, шарахаясь в сторону.

Слегка постанывая от пережитого потрясения, Джессика ощупала себя руками – все, все цело! Страшно подумать, что было бы с ней сейчас, произойди перемещение лишь на минуту позже…бр-р-р! Да, кстати, куда ее в этот раз занесло?

Оглядевшись в сером полумраке, она увидела распряженных лошадей, какие-то телеги со спящими вповалку людьми, раскисшую дорогу, грязь, глубокие лужи…Сверху сыпалась мелкая водяная пыль – дождь не дождь, но одежда уже превратилась в тяжелые отсыревшие тряпки, волосы прилипли к лицу, ноги окоченели. Откуда-то явственно тянуло гарью.

- Черт побери, что за дыра!- буркнула она, приподнимаясь с соломы, брошенной прямо на землю.

Сделав шаг, Джессика увязла в грязи по щиколотку. Идти дальше было совершенно невозможно. Кое-как доковыляв до ближайшей телеги, она неуклюже забралась внутрь.

Холод пробирал до костей, и единственным желанием было найти хоть капельку тепла. Нырнув под чей-то воняющий овчиной тулуп, она поджала под себя ноги, уткнулась носом в чужую широкую спину и уже спустя секунду крепко спала.

Двумя часами позже лагерь стал пробуждаться. Предрассветная мгла сменилась тоскливым сереньким утром.

Согревшаяся, разморенная сном, Джессика не сразу пришла в себя от чьих-то настойчивых прикосновений. Проснувшись окончательно, она вдруг осознала, что лежит в объятиях какого-то парня, голая по пояс, и незнакомец ласкает грубыми шершавыми ладонями ее обнаженную грудь.

Сдавленно вскрикнув, она оттолкнула наглеца, села, откинув ветошь, служившую одеялом, и оказалась в кругу гогочущих солдат.

- Ба, так это же Жюли Морро!- воскликнул один из них.- Вот так-так! Орельен, дружище, скажи, и за что тебе такое счастье привалило?

Тот, к кому он обращался – молодой, очень бледный парнишка, попытался улыбнуться, но губы у него дрожали, и улыбки не получилось. Джессика заметила, что у него нет ног, перевела взгляд на другого, третьего – похоже, она попала в лазарет, кругом одни калека, но кто их ранил и на какой войне?!..

- Иди ко мне, моя красотка, уж я найду, чем тебя угостить!- гаркнул кто-то.- Ты не смотри, что у меня ноги не хватает, хозяйство в порядке, а это главное, верно? Ну-ну, иди, тебе говорят, хватит ломаться…чертова шлюха! Держи ее, Гастон, пускай обслужит всех! Держи, не выпускай!..

Добрая дюжина рук мертвой хваткой вцепилась в Джессику, и, не успев опомниться, она вновь оказалась распростертой на дне телеги. Чье-то жилистое, мускулистое тело навалилось сверху, затрещал рвущийся батист, твердые, каменные ладони легко развели ей ноги…

Джессика дралась, как тигрица, но что она могла сделать с сильными, распаленными близостью женского тела, озверевшими от похоти мужиками? Ее руки прижали к полу, ноги держали раздвинутыми в стороны…еще секунда, и эти ископаемые ее изнасилуют!

Эта мысль привела ее в ужас, придала новых сил, и Джессика, испустив истошный вопль, укусила до крови чью-то ладонь, пытавшуюся закрыть ей рот, и снова отчаянно закричала.

- Что у вас тут, дьявол вас раздери?

- Шлюха, господин лейтенант.

- Шлюха, вот как? А ну, отпустить!

- Господин лейтенант…побалуемся и отпустим.

- Кто она? Русская?

- Из наших, едет с обозом.

- Что ж вы ее силой берете? Визгу на весь лагерь! Жаловаться еще побежит… Отпустить, я приказываю!

- Мы, господин лейтенант, кровью своей это заслужили…Раненые мы. А курвы эти только за деньги, за так ни за что…вот и решили попользоваться. Что ж мы, не люди?

- Помогите!!- взвыла Джессика, чувствуя, что лейтенант колеблется.

- Отпустить!

Руки разжались. Отряхивая солому, набившуюся за шиворот, Джессика взвилась с места, даже не глянув на своего спасителя. Слезы ручьем лились по ее щекам. Перевалившись через край проклятой телеги, она побежала прочь под крики и улюлюканье.

Реальность была жестокой, слишком жестокой. Везде сновали какие-то люди, но сквозь застилавшую глаза пелену слез Джессика никого не видела.

Боже, какая мерзость!

Какая мерзость!..

Кто-то взял ее за плечи. Привлек к себе. Приоткрыв один глаз, она разглядела подбородок с ямочкой… ну да, разумеется, как же без него?

Глава двадцать третья.

Прижавшись покрепче к спасшему ее лейтенанту, она захныкала снова.

- Ты клялась, что уезжаешь навсегда. Всего три дня назад ты проклинала и честила меня на чем свет стоит, помнишь? И вот теперь ты снова здесь. Зачем ты вернулась, Жюли? Ты не должна была возвращаться.

- Скажи еще, что ты не рад меня видеть,- капризно пробормотала она, по-детски оттопыривая губы.

- Рад,- не сразу ответил он. – Но теперь мы будем видеться только издалека. Жюли, милая, наши отношения лучше разорвать сейчас… Потом будет много больнее, вот увидишь.

И тут то же самое! Похоже, нелюбовь к ней запрограммирована у этого парня в генах!..

Джессика отстранилась. Рвать так рвать! Она как-то уже не помнила, что отставку дают какой-то Жюли, а вовсе не ей, не Джессике!

Обида бурлила в груди, глаза метали молнии – кому приятно, когда тебе раз за разом дают пинка под зад?!..

- Как хочешь, унижаться перед тобой я не стану,- резко ответила она и, отвернувшись, пошла куда глаза глядят, увязая в грязи и стараясь держать спину как можно более прямо.

- Жюли! Чертовка! Так ты вернулась!- завопил где-то сбоку пронзительный женский голос, но Джессика, напрочь забывшая свое новое имя, даже не оглянулась, и тогда цепкая короткопалая рука крепко обхватила ее запястье.

- Я знала, что ты вернешься, знала!- ликовала низкорослая толстуха, и ее пудовые прелести прыгали в чудовищном декольте. Губы, крашеные кармином, растянулись в торжествующей улыбке.

- Ну идем же, идем!

Джессике было уже все равно, куда ее тянут. Пробираясь вслед за толстухой между грязными, замызганными телегами, она только и успевала уворачиватьчя от щипков и шлепков пониже спины.

- Глядите, кого привела!- гаркнула ее спутница во всю силу своих легких, и с десяток раскрашенных лиц воззрились на Джессику в немом удивлении. Только теперь она поняла, о чем толковали солдаты, и в качестве кого ей придется прожить здесь ближайшие дни – поняла и содрогнулась. Да это же шлюхи, дешевые армейские шлюхи …а я, по-видимому, одна из них, пронеслось в ее сознании.

Крупная, дебелая, высокая женщина с болтающимся на шее зобом, небрежно приблизившись к вновьприбывшей, с минуту разглядывала ее круглыми, немигающими, ничего не выражавшими птичьими глазами, потом, размахнувшись, с неженской силой ударила ее по лицу.

- Это тебе за побег. А вот это – за возвращение!..

Она уже приготовилась ударить Джессику снова, но та, обозленная столь негостеприимной встречей, сначала засветила ей кулаком в живот, а уж потом, когда та согнулась, хватая ртом воздух, от души добавила ребром ладони по жирной шее.

Девицы дружно ахнули.

- Мадам Жерар… мадам Жерар,- засуетилась одна из них – худенькая, некрасивая, малорослая, усаживая бандершу на деревянную скамеечку,- мадам Жерар…как вы себя чувствуете, мадам?..

Ответом ей послужила увесистая оплеуха. Схватившись за щеку, наказанная тихонько захныкала. Тяжелый взгляд бандерши уперся в Джессику и просверлил ее насквозь.

- Убирайся отсюда. Вон!..

- Да ладно, не очень-то и хотелось,- буркнула та.

- Спи на земле, в грязи, как свинья…там тебе самое место!

- Слышь, ты, жирная корова,- вскипела Джессика, возвращаясь с таким выражением лица, что ее противница поспешила закрыться ладонями.- Еще одно слово, и ты без зубов, о-кей?..

Спрыгнув в грязь, она поморщилась. Холодно, черт его дери! Только сейчас она обнаружила, что стоит наполовину босая – вторая туфля осталась не то в гостиной семейства Уилкинсон, не то утонула в грязи…

Ну, и что ей теперь делать? Очевидно, придется стоять на одной ноге до того самого момента, когда судьбе вздумается еще куда-нибудь ее перебросить!

- Повздорила с мамочкой?

- Что?..

- Я слышала, как вы визжали,- хмыкнула старуха.- Идем со мной, я дам тебе работу, если, конечно, ты не собираешься ползти на брюхе назад.

- Какую работу?
- Будешь щипать корпию, поможешь перевязывать раненых. К вечеру их появятся сотни.

- Почему?

- Да ты, я гляжу, малахольная! Война идет. Смерть, боль, раны...понимаешь, о чем я толкую? Или вам, шлюхам, все это напоминает загородную прогулку? Думаешь, поди, только о деньгах да удовольствиях...нет? Ну так иди за мной, да поживее.

Вокруг кипела жизнь, и Джессика внезапно оказалась в самой ее гуще. Истекающие кровью люди лежали прямо на земле, их душераздирающие стоны ввинчивались прямо в мозг. К горлу подкатила тошнота

. Господи, да что же это?. Как же?!..

Ломая ногти, она рвала широкие белые полотнища на длинные бинты; выбиваясь из сил, таскала по земле раненых, стараясь найти для них место посуше.

Поднявшийся ветерок разогнал облака, выглянуло солнце, налетели полчища мух , пот ручьями заструился по спине...это был ад, настоящий ад!

Мухи ползали по лицам умирающих, отовсюду неслись брань и проклятия, и Джессика с кружкой в руках металась между несчастными людьми, давая им отхлебнуть по глотку воды.

В какой-то момент она не выдержала, привалилась спиной к тележному колесу и сползла по нему до земли. Мыслей не было, чувства исчезли, тупая ноющая боль терзала плечи и поясницу. Уйти, убежать, спрятаться, не видеть, не знать...что может быть лучше!

- Жюли! Жюли, где ты? Это я, Огюстен!

Ну вот, отстраненно подумала она, теперь я хоть знаю, как его зовут. Поднявшись на ноги, она замахала руками, потом, поняв, что через это людское месиво ему к ней не пробиться, поспешила навстречу сама.

- Наш полк идет в бой,- соскакивая с коня, Огюстен крепко взял ее за локти.- Молись за меня, моя верная Жюли, а если я не вернусь...если я не вернусь, вот письмо. Перешли его ей. И еще...вот медальон с ее портретом. Нет. Медальон я оставлю у себя. Пусть будет со мной до конца. Может быть, он сохранит мне жизнь.

- Ты не умрешь, вот еще!.. Ты будешь жить, Огюстен, будешь жить, я клянусь тебе,- бессвязно залопотала она, обливаясь слезами и гладя дрожащими пальцами его по лицу.

- Жюли…как же я рад, как счастлив, что ты здесь, что ты передумала и вернулась…Жюли, мне кажется, я люблю тебя столь же сильно, как люблю Одетт, но только совсем не так, как ее…как-то по-другому…послушай, я должен идти. Мы поговорим потом…позже…может быть…

Притянув ее к себе, он впился жадным сухим обветренным ртом в ее полуоткрытые губы, и Джессике вдруг показалось, что от напора нахлынувших чувств у нее разорвется сердце.

- Огюстен!

- Я должен идти. Прощай, Жюли!..

- Храни тебя Бог,- прошептала Джессика, провожая его глазами.

Глава двадцать четвертая.

Сунув письмо за корсаж, она вновь вернулась к своим обязанностям. Он любит ее, любит! Пусть не так как Одетт, но все же… Да он просто хочет ее, но боится в этом признаться! Ну и ладно, пусть хочет…разве не в этом смысл отношений между мужчиной и женщиной? К Одетт он испытывает нежность…что еще?...но ее он не хочет, не хочет…а это значит, не любит ее по-настоящему!

Поглощенная своими мыслями, она не заметила, как прошел день. Где-то за лесом, за холмами ухали взрывы, свистели ядра, гибли люди – из обрывочных фраз, стонов и проклятий она узнала, что находится в России, в санитарном обозе в тылу наполеоновских войск, что идет сражение под деревней Бородино…

Сдалась им эта деревня!

Старуха снабдила ее крепкими кожаными башмаками, в обед плеснула похлебки – кажется, она была довольна, что помощница работает, не покладая рук. Джессика же была в отчаянии – раненых все везли и везли, к закату их стало намного больше, она буквально разрывалась на части, но ничего не успевала.

В какой-то момент ее осенило. Не факт, что получится, го попробовать можно. Оскальзываясь на комьях грязи, она припустила назад – туда, где расположила свой передвижной бордель мадам Жерар.

- Девочки, нужна помощь!- крикнула она во весь голос.- Ну что вы как вареные?!

Проститутки тупо пялили на нее сонные глаза, обмахивались потрепанными, видавшими виды веерами, и ждали, что будет дальше.

- Люди гибнут! Мужья и братья! Клиенты ваши!..- заходилась Джессика.- А ну приподняли свои задницы, живо! Идите за мной!..

Никто не пошевелился, и тогда Джессика, впав в исступление, воздела руки к небу:
- Господи! Заклинаю!.. Покарай этих дур, Господи!!
Вдалеке громыхнул гром. За лесом, за полями клубились лиловые тучи, надвигалась гроза. Испуганные девицы как горох посыпались с повозки.

...Приведя свое воинство к старухе Бланшетт, Джессика отошла в сторону, поднялась на пригорок. Прислушалась.

Бой затихал. Как там, что там?.. Жив ли Огюстен? Конечно, жив, выругала она себя... его не могут убить. Не могут, и все тут!

Солнце садилось, когда ее разыскал какой-то солдатик – копоть измазала лицо так, что черт было не разобрать, и только белые зубы сверкали в каком-то зверином страдальческом оскале.

-Жюли Морро? Вот, возьми. Я привез это для тебя.

Помертвев от ужаса, она увидела в его руке медальон на длинной цепочке...Нет, только не это! Нет!..

- Где он?- крикнула она, надвигаясь на посланца, принесшего страшную весть.- Я спрашиваю, где он?!..

- Там,- коротко ответил парень. Губы его скривились, послышался всхлип, и слезы, брызнувшие из глаз, прочертили две светлые дорожки на закопченных щеках.

- Коня!

- Не надо, Жюли, не делай глупостей!

- Коня мне, быстро!- вырвав повод, Джессика птицей взлетела в седло, хлестнула его по крупу и понеслась не разбирая дороги в сгущавшуюся тьму.

Поле, где велось сражение, поразило ее до глубины души. Ни один голливудский боевик, даже самый зрелищный, не смог бы отобразить то, что творилось здесь. Трупы, трупы, повсюду горы трупов, французы вперемешку с русскими, оторванные руки и ноги, окровавленные пушечные ядра с волочащимися сзади кишками... Ведя коня в поводу, она упорно искала Огюстена, заглядывала в лицо каждому мертвецу, но – поиски были напрасными, его нигде не было.

Когда окончательно стемнело, она вернулась к обозу за факелом и вновь принялась за свое. Неподалеку от нее негромко переговаривались на чужом языке – русские и французы, несколько часов назад рвавшие друг друга зубами, хоронили своих мертвецов, не обращая внимания ни на что. Джессика тоже старалась не отвлекаться. Ей нужен Огюстен, она обязана его найти!

Была глубокая ночь, когда, полумертвая от усталости, она набрела на Огюстена. Он лежал, придавленный чьим-то телом, правая половина лица была окровавлена. Подвывая от ужаса, Джессика принялась непослушными пальцами расстегивать его ворот, разорвала на груди рубашку и приникла ухом, чтобы различить биение сердца. Сердце билось!..

Откуда только силы взялись – схватив его за обе руки, Джессика принялась тянуть безжизненное тело на себя.

- Потерпи, ну потерпи чуть-чуть,- уговаривала она, глотая слезы.- Потерпи, не умирай, слышишь? Тебе помогут, Огюстен…тебе обязательно помогут!

Оглядевшись в поисках коня, она обнаружила его пасущимся неподалеку, привела, заставила опуститься на колени , и с огромным трудом взвалила раненого на его спину. Только теперь она заметила, что ниже колен его ноги превратились в кровавое месиво – кости были раздроблены, мясо свисало клочьями, штаны заскорузли от грязи и запекшейся крови…

- Ампутация, заражение крови, летальный исход,- мрачно перечислила она.- В реанимацию бы тебя, к хорошему врачу, современному оборудованию… Боже, как глупо, как нелепо!.. Но ты не умрешь. Я не позволю тебе умереть!

В лагере царила страшная неразбериха.

- Кавалерия!

- Русские атаковали левый фланг!

- Войска отходят! Войска отходят!

- Врача! Мне нужен врач!- охрипшим голосом кричала Джессика, но ее отчаянные призывы тонули в гуле и грохоте.

Ранеными больше никто не занимался.

Бросив на землю охапку соломы, Джессика как могла разместила Огюстена, и, оторвав полоску от подола своего платья, вытерла ему лицо.

Умирающий никак не отреагировал на ее заботу – он был без сознания. Время от времени Джессика приподнималась и оглядывалась по сторонам, надеясь увидеть лекаря, но- увы! -тот не показывался. В какой-то момент, дотронувшись до руки Огюстена, она оторопела – пальцы были ледяными, совсем как у покойника…да ведь он умирает! Сорвавшись с места, она рванулась в темноту, рассвеченную факелами, вникуда, и тут ей наконец повезло.

Минутой позже полковой врач склонился над Огюстеном.

- Увы, мадемуазель, он умер,- объявил усталый, измотанный человек, приподняв веко лежавшего, и с первого взгляда определил, что к чему.

- Умер?.. Не может быть!

- Сочувствую, но это так,- он сделал движение, чтобы уйти, но Джессика в панике вцепилась в его рукав.

- Умер…Как же так?!..

Деликатно высвободившись, врач ушел, но она даже не заметила его исчезновения. Умер…

Сгорбившись, она сидела рядом с ним, не зная, что делать дальше. Кажется, покойникам нужно закрывать глаза, но у Огюстена они закрыты. Нужно разыскать могильщиков, похоронить по-человечески, не дать зарыть в общей яме, не оставлять гнить под дождем. Да. Она обязана его похоронить.

- Огюстен! Огюстен!.. Огюстен!!

Джессика приподняла голову. Прислушалась. Похоже, вернулась настоящая Жюли. Недалеко же она уехала. Жаль, поздно вернулась…невеселые известия ждут ее здесь, это точно.

Наверное, пора уходить. В военное время никто не любит неожиданностей, двойников и всего такого прочего…как бы ее не приняли за шпионку и не расстреляли. На войне всякое может быть. Чем она оправдается?

Накинув на голову шаль – так, чтобы лицо оставалось в тени, она двинулась на голос. Остановилась. Опустилась на колени и нежно-нежно тронула губами лоб Огюстена. Прощай, любовь моя. Прощай навсегда!..

Жюли Морро металась среди повозок, заламывая руки. Ее лицо, залитое слезами, было искажено такой нестерпимой мукой, что Джессика поежилась.

- Огюстен!

- Он передал тебе вот это,- протягивая письмо и медальон, произнесла Джессика, стараясь казаться равнодушной. – Сказал, чтобы ты отправила все это по известному адресу. Сделай это для него, ладно?

- Где он? Где он сам?..- срывающимся голосом прокричала несчастная, отгораживаясь обеими руками, словно Джессика протягивала ей кобру.

- Возьми же!

- Что с ним?! Он жив?..

- Возьми письмо. Он умер. Мне очень жаль.

- К черту письмо! К черту Одетт Пелье! Даже после его смерти она стоит между нами!.. К черту!.. Где он?

Медальон полетел в грязь. Несколько секунд спустя письмо, разорванное в клочья, составило ему компанию.

- Он там,- мотнув головой, устало сказала Джессика. Оттолкнув ее с дороги, ополоумевшая от горя девица ринулась в указанном направлении.

Собрав обрывки письма, Джессика сунула их за корсаж. Хорошо, что в этой темноте она заметила, куда упал медальон. Все-таки, приличный кусок чистого золота...

Не разбирая дороги, она брела и брела мимо лежавших в забытьи раненых солдат, пустых ящиков, сбившихся вместе оседланных коней, вернувшихся сюда без всадников...

Лагерь осталась позади. Она шла по выжженному полю, и едкий запах гари щекотал ей ноздри. Незнакомые звезды безучастно смотрели сверху. Война, смерть, любовь, горе – все это им не в новинку, и если я сейчас умру тут от разрыва сердца, ничего не изменится, с тоской размышляла она.

Ночь была теплой. Ужасы и потери остались позади, и теперь ей больше всего хотелось спать. Найдя стог сена, не тронутый огнем, она заползла внутрь. Говорят, в сене часто гнездятся ядовитые змеи, но сегодня ей было наплевать на это. Постелив под себя шаль, Джессика с наслаждением растянулась на мягком ложе.

Во сне к ней пришел Огюстен – живой, смеющийся...или то был Роберто? Они похожи, как близнецы. Легко перепутать...

Застонав, она проснулась, и в первый момент не поняла, где находится. Что сейчас – утро, день, вечер? Ее окружала шуршащая тьма, внутри сосало от голода, и она поняла, что нужно выбираться отсюда.

Она вынырнула из сена как раз вовремя, чтобы увидеть, как широкоплечий бородатый мужик в немыслимой, подпоясанной веревкой одежде и с босыми ногами, крякнув, с размаху вонзает вилы в грудь пленному французу. Вокруг толпился народ, все больше молодые бабы в туго повязанных белых платочках, цеплявшиеся за их подолы ребятишки… судя по их радостным возгласам, происходящее им нравилось. Старик провернул вилы в ране, раздался хруст костей, предсмертные хрипы, и Джессика непроизвольно вскрикнула:

- О, Боже!

Все лица повернулись к ней. Джессика неуверенно улыбнулась, пожала плечами и развела руки в стороны, показывая, что не имеет оружия и не станет для них опасной. Ответных улыбок она не дождалась. Все бы ничего, только вот для чего им столько этих допотопных металлических зазубренных и изогнутых штуковин… что они собираются делать?..

К счастью, толпа почти полностью состояла из женщин – если, конечно, не считать кровожадного старика и нескольких угрюмых подростков, но если все они на нее навалятся, ей явно не поздоровится.

Увидев, что старик вполголоса отдает какие-то команды, не сводя с нее тяжелого, напряженного взгляда, Джессика избрала единственный разумный выход – бросилась бежать. Вся свора, как по команде, с гвалтом и воплями кинулась следом.

Еще никогда она не бегала так быстро, как сегодня, спасая свою жизнь. Безумно мешала путавшаяся в ногах юбка. На секунду Джессика оглянулась, чтобы проверить, как далеко отстали ее преследователи, и пущенные кем-то вилы со свистом рассекли воздух совсем рядом с ней. Один из зубьев пропорол ей платье, чуть не задев ногу.

Медлить было нельзя, и Джессика что было сил припустила к лесу. Она бежала и бежала, крики отдалялись, пока не смолкли совсем. Споткнувшись об выступающий корень, она полетела на землю, ударилась лбом и потеряла сознание.

Глава двадцать пятая.

Придя в себя, она огляделась по сторонам. Лес возвышался сумрачной громадой. Высоченные ели с разлапистыми ветками, поваленное бурей дерево с вывороченными корнями, густая трава, россыпь каких-то ягод, грибы на стволе – съедобные? Ядовитые? Наверняка здесь полно диких зверей… Она поежилась. Будем надеяться, все медведи уже позавтракали.

Бравада не помогала. Было довольно неуютно и страшновато. интересно, кто найдет ее первым - добросердечные приветливые крестьяне или голодный русский медведь?..

- Скорее бы переместиться, все равно куда,- пробурчала Джессика, собирая ягоды.- Ну-ка, ну-ка ...ф-фу, кислятина!..

Ягоды только раздразнили аппетит. Перед ее мысленным взором вставал огромный чизбургер, его сменяла бутылка ледяной кока-колы, пакет чипсов, поджаренный бекон...черт, ну до чего же она голодна!

Сидеть на месте не было смысла, к тому же ее атаковали муравьи. Джессика двинулась вперед и через несколько шагов наткнулась на странный серый шар. Гриб? Пыль?

Небрежно пнув его ногой, Джессика поняла, что сделала это совершенно напрасно. Комок серой пыли оказался осиным гнездом , и из него, яростно жужжа, полезли злющие осы. Одна укусила ее в щеку, другая в шею – дико завизжав, Джессика бросилась спасаться.

Осы летели за ней гудящим роем. Удрать от них оказалось нелегко – куда сложнее, чем от неповоротливых русских крестьян. Щеку и шею Джессики чудовищно раздуло, и левая часть ее хорошенького личика превратилась в диванную подушку.

Подняв с земли камень, она завернула его в листья и приложила к больному месту. Нет. Не помогает. Вот идиотство! Но винить некого, и осы, и крестьяне просто защищали свой дом, закон это не запрещает.

Еловый лес сменился светлой равниной, трава здесь росла густо, а вот деревьев почти что не было. Посидеть бы тут, погреться на солнышке, да вот влажновато...сделав еще шаг, она провалилась по колено.

- Болото!

Выбраться удалось сравнительно легко. Ну нет, все, с нее хватит, пора на твердую землю, пусть там темно, и робкие лучи солнца еле-еле пробиваются сквозь густую хвою...ай!

На сей раз она провалилась до середины бедра, и это было уже не смешно. Холодная, вязкая грязь, причмокивая, охватила ее ноги, опереться было не на что, болото затягивало ее вглубь. Дернувшись, что было сил, она провалилась по пояс.

- Только не паниковать...никакой паники, слышишь?!- приказала она себе, но зубы продолжали стучать друг об друга, и озноб...этот проклятый озноб!

Стараясь больше не делать резких движений, она огляделась вокруг. Никакой прочной палки...Может , сгодится это молодое деревце? Три тонких ростка, чем они смогут помочь? Вцепившись пальцами в корень, она начала медленно выползать из этой жуткой западни.

Перемазавшись мерзкой грязью с головы до ног, Джессика наконец-то выбралась на твердую землю. Да уж, Россия неласкова к чужакам!..

Нарвав листьев, она принялась очищать свое платье. Стиральная машина справилась бы с этим лучше, но до ее изобретения еще лет двести…не ходить же ей все это время грязной, как поросенок!

Мокрые листья и трава отлично все отчистили. Вытерев ими лицо, Джессика почувствовала себя лучше. В душ бы сейчас…о, Боже, блага цивилизации далеки от нее, как Луна от Земли, и кто знает, доведется ли ей когда-нибудь еще ими воспользоваться. Неплохо было бы чего-нибудь выпить…шампанского или мартини, выкурить ментоловую сигаретку…

Лес казался необъятным. Джессика шла и шла, но до сих пор никуда не вышла. Какая же она огромная, эта Россия!..

Щека немного опала, да и шея стала почти прежней. Джессике взгрустнулось. Озабоченная своими собственными переживаниями, она, как последняя эгоистка, так ни разу и не вспомнила об Огюстене за сегодняшний день.

Бедняжка Жюли… Не повезло ей. Война отняла у нее любимого человека. И пускай он собирался жениться на другой из каких-то там непонятных соображений, любил-то он именно Жюли!

Твоя судьба, дорогая, если разобраться, сказала она себе, не намного счастливее. Пока ты шатаешься неизвестно где, Роберто вполне может повести у алтарю эту свою кикимору…а Джессике, как и всем ее предшественницам, останется лишь страдать от неразделенной любви!

- Так я влюблена?- спросила она неизвестно у кого, и сама же ответила ,- ну разумеется, дуреха, ты влюблена! От судьбы не уйдешь, дорогая моя девочка…чем ты лучше всех этих бедняжек?

Джессика вспомнила о письме, предназначенном для Одетт. Переслать его теперь невозможно, она не знает адреса, а вот прочитать…весь вопрос в том, сможет ли она читать по-французски?

Вытащив обрывки письма на свет божий, она принялась складывать их воедино. Ну и почерк! Она сощурила глаза, пытаясь вчитаться, и вдруг незнакомые буквы волшебным образом сложились в слова.

«Дорогая Одетт,- писал Огюстен,- если ты читаешь эти строки, значит, меня уже нет в живых. В противном случае, я уничтожил бы это письмо, потому что не хочу причинять тебе боль. Минуй меня смерть, и все было бы, как мы решили – я вернулся, и мы обвенчались в той маленькой церкви, что на холме, чтобы прожить в согласии свой век… Я был бы тебе хорошим мужем , и клянусь, Одетт, ты никогда бы не узнала , что я люблю другую женщину. Прости, я делаю тебе больно, но я уже искупил этот грех заранее. Итак, Одетт, ты свободна, наша помолвка расторгнута. Прощай и будь счастлива. Огюстен Флери.»

- Жюли обрадовалась бы этому письму,- вздохнула Джессика.- Вот дурочка... и зачем она поторопилась его разорвать? Наверное, я должна найти ее, иначе было бы нечестно. Вот только как выбраться из этого проклятого леса?

Откинув голову назад, она прислонилась у шершавому стволу и устало прикрыла глаза. Господи, сколько проблем! Ну почему все не может решиться само, без ее участия? Ладно. Надо идти. Жюли имеет право знать, что ее любили.

Глава двадцать шестая.

Поднявшись на ноги, она с удивлением глянула по сторонам. Вокруг был лес, но что-то неуловимо изменилось. У Джессики возникло странное чувство, что она в тропиках – деревья опутаны какими-то веревками, кажется, их называют лианами, в воздухе дрожат испарения влажной жирной земли.

Удушливо - сладко пахли странные белые цветы – казалось, будто в метро, в час пик, кто-то разлил флакон дешевых духов. Цветов здесь вообще было великое множество, вокруг пестрели орхидеи самых фантастических расцветок и форм...стоп-стоп-стоп, разве орхидеи растут в русских лесах?

Нет, это не Россия, она снова переместилась, вот только куда? Не в Африку ли? Черт, не подхватить бы тут малярию и не попасться на обед анаконде! Еще есть какие-то черви, живущие в песке, они прогрызают твою кожу и откладывают яйца в микроскопические ранки, да так ловко, что ты и не заметишь...а потом – оп-па, сюрприз!- внутри тебя уже полным-полно этих тварей. Класс, то, что надо! А змеи? Тут должны водиться несметные полчища змей, а вместе с ними всяких ядовитых гадов – мух, пауков, скорпионов...Вау!!

Прямо на уровне ее глаз на толстой ветке неведомого дерева растянулся удав – глянцевый, блестящий, с красивым узором на коже. Нельзя сказать, что Джессика очень испугалась – удав был маленький, толщиной с руку, и ему пришлось бы очень постараться, чтобы проглотить такую добычу. Однако это навело ее на мысль, что раз здесь есть маленькие удавы, то могут быть и большие, а это значит, что впереди ее ждет масса сюрпризов.

Мрачные прогнозы оказались ошибочными, двадцатью шагами дальше располагался брезентовый навес, растянутый на четырех оструганный стволах и хитро подпертый ветками. За столом сидели люди в пробковых шлемах, и видит Бог, никогда еще Джессика так не радовалась встрече с себе подобными, как сегодня!

Под ее ногой треснула ветка. Люди встрепенулись, кто-то вскочил и направил в ее сторону допотопное ружье, выглядевшее, однако, достаточно грозно.

- Не стрелять!- вскрикнул невысокий крепыш с пронзительно-голубыми глазами, первым разглядев, кто перед ним предстал.

Смущенно улыбаясь, Джессика сделала еще несколько шагов и оказалась под сенью навеса – пребывать под палящими лучами полуденного солнца ей не очень-то нравилось. Кто-то подвинул ей складной парусиновый стульчик, и она села, по привычке положив ногу на ногу.

Мужчины с изумлением разглядывали ее странный наряд – разорванное местами батистовое платье на шнуровке, задубевшее от грязи и крови, запутавшееся в волосах сено, еще не полностью отошедшая от укуса щека…да, без сомнения, выглядела она весьма и весьма колоритно.

- Кто вы, мисс?- спросил наконец седобородый поджарый человек, по-видимому, считавшийся здесь главным. – Кто вы и как здесь оказались?

- Не знаю,- с подкупающей искренностью улыбнулась она, пожав плечами для пущей убедительности.- Только что я была совсем в другом месте – В России, знаете такую варварскую страну? Далеко отсюда, очень далеко…да и давно, если честно. Какой сейчас год?

- 18…,-завороженно ответил голубоглазый крепыш.

- Пятьдесят лет прошло, надо же!

- Кто вы, мисс? Вы помните свое имя?

- Конечно, помню. Вы думаете, я сумасшедшая? Однако, вы меня разочаровали, джентльмены. Я была уверена, что это вы мне скажете, как меня зовут. Обычно так и происходит. Признаться, я уже здорово устала быть кем-то еще, так что, если вы меня не знаете, я предпочла бы побыть здесь под своим именем. Никто не возражает? Вот и отлично. Джессика Дэррик, к вашим услугам. Я из Нью-Йорка, вы слышали о таком городе? Не удивлюсь, впрочем, если его даже не построили. Это в Америке. Ну, Америку-то вы должны знать, старый добрый Колумб ведь уже открыл ее, верно?

- Малярия,- сказал один, обращаясь ко всем остальным.

- Скорее, душевная болезнь,- возразил другой.

- Говорю вам – ни то, ни другое, я здорова как бык! Здесь что, конгресс психоаналитиков? Я здо-ро-ва …и незачем не меня так смотреть, я не кусаюсь.

- Может, воды?- предложил крепыш.

- Воды? Отличная идея! Мне без газа, со льдом…ах, да. А вода хоть чистая? Я не хочу наглотаться мушиных личинок или подцепить дизентерию! Свалиться тут с поносом совершенно не входит в мои планы…ладно, несите.

Она отпила из фляжки несколько глотков теплой противной воды, поморщилась и, плеснув себе на ладонь, протерла лицо.

- Вам надо прилечь,- участливо сказал крепыш, деликатно трогая ее за плечо кончиками пальцев.
- Позже, ребятки, позже, сейчас я бы поела чего-нибудь. У вас ведь есть еда? вчера у меня был трудный день, я перевязывала раны с утра до ночи. Сколько трупов! Ни в одном боевике столько не настрогают. Ужас!..

Она зевнула.

- Спать хочется. Вы что, подсыпали мне снотворное? Не вздумайте наделать глупостей, у меня брат служит в полиции. Он всякому, кто посмеет…оторвет причиндалы и даже не …даже не…даже…

Уснувшую гостью поместили в гамаке, предварительно переодев в чистую мужскую одежду.

Члены экспедиции сидели за столом, разглядывая найденные у Джессики вещи – два массивных золотых медальона и странную коробочку со светящимся экраном и кнопочками.

- Ни на что не нажимай, Гордон,- предостерег тот, кого она приняла за главу всего предприятия, и не ошиблась.

Джеймса Хатчинсона здесь уважали, и каждое его слово было непререкаемым законом для этих людей.

- Итак, господа, нам нужно принять решение. Девушке необходима медицинская помощь. Кому-то из экспедиции придется сопровождать ее до города. Разумеется, мы не станем терять время и дожидаться его возвращения. Близится сезон дождей, и каждый потерянный нами день дорого обойдется Британскому музею. Наши изыскания имеют огромное значение для науки…не мне вам объяснять, насколько они важны. Хочу услышать ваше мнение.

- Может, отправить ее со слугами, дав на дорогу провианта?- предложил Гордон.

- Мы нуждаемся в каждой паре рук. У нас нет лишних людей.

- Она может остаться с нами. Хинина у нас достаточно, а что касается врачебной помощи…Манфред ведь врач, не так ли?

- Душевнобольная женщина в лагере? Не уверен, что это хорошая идея. Начнутся капризы, а у нас нет времени возиться с кем бы то ни было, если это не экземпляр для коллекции.

- Гордон прав,- вмешался третий, сохранявший до поры до времени сосредоточенное молчание.- Все мы отлично знаем, какие опасности подстерегают путешественников в Анголе. Отсюда не менее сорока дней пути до ближайшей деревни. Отправив женщину с двумя-тремя туземцами, мы обречем ее на гибель. Ей даже помощь по дороге никто не сможет оказать. Если же с ней уйдет врач, то под ударом окажемся все мы. Оставить экспедицию без врача – просто безумие! Думаю, мы должны дождаться остальных и спросить, каково их мнение.

- Отлично, отложим обсуждение до вечера,- подытожил Хатчинсон.- А теперь за работу, друзья, за работу…у нас еще куча дел!

Глава двадцать седьмая.

К закату подтянулась недостающая часть экспедиции. Трофеев оказалось много, их все необходимо было заспиртовать, и о присутствии Джессики в лагере вспомнили только тогда, когда сели ужинать.

Тропические ночные бабочки с прозрачными крыльями бились о стекло керосиновой лампы. Темнота сгустилась так быстро, словно на лес набросили гигантское черное покрывало. Слабый отблеск костра давал крохотный островок света. Где-то ревели обезьяны, устраиваясь на ночлег.

Медальоны вновь пустили по кругу. Заглянув в них поочередно, один из новоприбывших стремительно вскочил на ноги.

- Ради всего святого… Где она?!

- Что стряслось, Берри?- с удивлением обернулись остальные.

Проведя по лицу ладонью с крупно подрагивающими пальцами, Лаймон Берри покачал головой.

- Думаю, что знаю эту девушку. Ее зовут Элен Хаксли. Это моя бывшая невеста и… Но как?.. Я, кажется, схожу с ума!..

Джессика открыла глаза, когда ночь была уже на исходе. Назвать ее теплой не поворачивался язык – у Джессики зуб на зуб не попадал. Рядом с ней, прижав к губам ее ладонь, сидел кто-то кучерявый, с едва наметившейся лысиной на макушке.

- Холодно,- пожаловалась она, и мужчина торопливо накинул на нее еще один плед.

- Элен, дорогая... скажи, ты меня узнаешь?

- Очень смутно,- солгала она.

- Лаймон. Лаймон Барри. Когда-то,- добавил он с видимым усилием,- мы были помолвлены. Это было чудесное время. Ты помнишь?

- Нет. Почему же мы не поженились?

- Я не хотел бы сейчас вспоминать об этом,- странная судорога исказила его лицо. Секундой позже оно опять посветлело, но первое впечатление было немного подпорчено, и Джессике отчего-то вдруг стало очень не по себе.

- Элен, дорогая...прости, может быть, тебе неприятно, что я зову тебя так?

- Нет, ничего. Не стесняйся.

- Прошу тебя, объясни, каким образом ты оказалась в Анголе? Искала меня? Приехать сюда из Лондона – путешествие не из легких...это ведь не Виндзорский парк, где мы могли запросто встретиться. Дорогая...неужели?.. Но как же ты разыскала меня в этом лесу – одна, без проводников, без провианта...Элен, здесь что-то не так. Прошу тебя, не молчи, объясни, что это значит!

- Лаймон...я ведь могу звать тебя Лаймон, верно? Так вот, Лаймон, ты ученый...да-да, энтомолог...бабочек, что ли, ловишь? Короче, у тебя трезвый ум, знания, у твоих товарищей тоже, на дворе просвещенный девятнадцатый век, и я могу не опасаться, что за мои признания вы сожжете меня на костре. Лаймон, я не Элен. Вернее, сейчас я – это не она, но когда-то...ты меня слушаешь?...Я была ею. Это одна из моих прежних оболочек...уф-ф-ф. похоже, мое признание тебе не к чему, да и мне самой, если честно, оно тоже сейчас не по зубам. Поэтому давай так - я все-таки Элен, но ничего не помню – ни своей прежней жизни, ни того, как здесь оказалась, так что не спрашивай больше ни о чем, о-кей? Лучше я тебя кое о чем спрошу. Ты ведь знаешь человека, который должен был жениться на Одетт-как-ее-там?

Лаймон опустил голову. На его скулах заиграли желваки.

- Это что, насмешка?

- Нет, правда, я очень хотела бы знать, как его зовут.

- Его зовут Герберт. Герберт Уоррен.

- Ага! Тогда все путем!- обрадовалась Джессика.- Люблю устоявшиеся традиции – с ними как-то спокойнее, верно?

- Так он бросил тебя ради этой певички?- сжимая кулаки, спросил ее собеседник.

- Никто меня не бросал.

- Но ведь он должен был жениться на тебе... поэтому мы и расстались.

- Я... мне очень жаль, Лаймон, честно,- солгала Джессика, мельком глянув на его лысину. Может, кому-то такое украшение кажется сексуальным, но только не ей.

- Мне тоже. Я надеялся, время излечит раны, но... я ошибался. Я пытался уйти с головой в работу, уехал в экспедицию, живу в походных условиях, нанизываю на булавки чертовых мух, пишу дневник и валюсь в постель полумертвый от усталости, а потом несколько часов не могу уснуть, вспоминая о тебе и о том счастье, что было так близко. Прости. У тебя, очевидно, неприятности, а я все твержу о своем... Прости. Отдыхай.

Лаймон ушел. Джессика попыталась встать, запуталась в ячейках гамака и неуклюже вывалилась на землю.

- Ох, черт!..

Она надела бриджи, ботинки на толстой подошве, завернула рукава рубашки. Так, что еще? Шляпа с сеткой от комаров и москитов – отлично, отлично, широкие поля защитят ее от жгучего африканского солнца. А змеи, как быть с ними? Ладно, решила она, будем надеяться, что у всех здешних змей есть мозги, и они давно разбежались, не желая быть заспиртованными.

Ребята, к которым ее угораздило попасть, Джессике нравились, вот только этот противный Лаймон... Его печальные, укоряющие взгляды через стол ужасно ее смущали. А эти рыжеватые кудри облаком?.. А длинные руки с вечно влажными ладонями? Неудивительно, что невеста поспешила отделаться от него при первом удобном случае.

Ей было бы легче, уйди он и сегодня в джунгли, но, как назло, Лаймон собирался весь день проторчать в лагере.

Джессика попыталась напроситься в поход вместе с учеными, среди которых был и тот голубоглазый крепыш – короткий флирт пошел бы ей сейчас только на пользу, но увы!- ей очень дипломатично отказали, усадив за скучнейшую работу надписывания бирок и ярлыков.

Названия диктовал Лаймон – кажется, он был очень доволен, что Джессика осталась в лагере.

- Вот эту бабочку, дорогая,- сказал он, любовно озирая свой яркий, насаженный на булавку трофей, я назову в твою честь. Это новый вид, и отныне он будет носить твое имя. Посмотри – тебе нравится?

Джессика вымученно улыбнулась. Черт, что тут может нравится? Несчастных бабочек живьем протыкают насквозь, и они бьются до тех пор, пока не ослабеют окончательно. Защитники животных затаскали бы его по судам!..

- Ты не ответила, тебе нравится?- настаивал он.

Вот зануда!..

- Нравится,- сквозь зубы процедила Джессика, склоняясь над очередной картонкой.

Боже, когда закончится эта пытка?..

Ей пришло в голову, что настоящая Элен Хаксли бродит в джунглях где-то неподалеку – ее двойники всегда появляются в самое неподходящее время. Скорей бы она явилась, что ли!..

Неужели она и в самом деле едет сюда, чтобы излечить разбитое сердце, воссоединившись с Лаймоном? У нее что, нет других вариантов? Да теперешняя Джессика не стала бы связываться с ним даже за миллион долларов на необитаемом острове, где на сотни миль вокруг нет никого другого, но у Элен, по- видимому, иное мнение.

С другой стороны, ежели как следует вдуматься, ее можно понять- когда человека, которого ты любишь, уводит французская певичка, ты волей-неволей захочешь стабильности, а что может быть надежнее человека, безответно, но беззаветно в тебя влюбленного?

Ну а пока Элен не появилась на горизонте, отдуваться придется Джессике.

Глава двадцать восьмая.

- Скажи, ты согласна выйти за меня замуж?- вдруг, без всякой связи, спросил он, внимательно разглядывая свои руки.

Джессика затосковала.

- Лаймон, не сейчас,- попробовала выкрутиться она, но парень несся вперед на всех парусах, и даже не думал останавливаться.

- Я уверен, что ты согласна…иначе зачем бы тебе сюда приезжать?

- Возможно.

- Теперь ты навсегда скомпрометирована. В глазах людей ты моя жена – твой приезд в Анголу только подтверждает это.

- Допустим. Что дальше?

- Я по-прежнему люблю тебя, Элен, и я согласен закрыть глаза на твое предательство. Мне до сих пор больно, но…хватит об этом. Сейчас меня интересует только одно. Ты беременна?

- Что?!

- Я должен знать. Ты можешь украсить рогами мою голову, но - только с моего согласия. Итак, Элен, я задал вопрос и жду ответа.

- Иногда, мистер Барри, вы можете быть настоящей занозой в заднице, - вскочила она, разозленная его инквизиторским тоном.

- Останься,- властно приказал Лаймон, вцепляясь мертвой хваткой в ее запястье.

- Иди к черту!- рявкнула Джессика, с омерзением выдергивая руку из его потных ладоней.

- Теперь я решаю твою судьбу! Помни это!- яростно крикнул он, но девушка ушла, даже не оглянувшись.

Джессику всю трясло, она кипела от возмущения – интуиция не подвела, Лаймон и в самом деле оказался дерьмом. Как он смел так с ней разговаривать?!

Какое счастье, что она от него не зависит и не обязана лебезить в угоду этому зануде!

Лаймон разыскал ее в палатке, вошел, тщательно задернул за собой полог и, не теряя ни минуты, притянул ее к своей впалой груди.

- Да ты не в своем уме,- насмешливо бросила она, ловко уклоняясь от его алчущих губ.

- Если ты позволяла это ему, то я тем более имею на это право!

- Отвяжись ты, недоумок!

- Нет, стой! Стой, распутница! Слушай, вот что я решил. Мы поженимся здесь, в Кванзе, сразу по возвращении из экспедиции. Мы останемся в Анголе до рождения ребенка, и когда жалкий ублюдок увидит свет, вернемся в Лондон вдвоем, без него. Я не желаю кормить твоего байстрюка и растить его вместе с остальными детьми, которые у нас родятся. Не желаю, тебе ясно? Это мое единственное условие, и ты его выполнишь. Другого пути у тебя нет!

- Оставь меня, мерзкий слизняк, иначе я закричу и обвиню тебя в попытке изнасилования,- холодно пригрозила она.- Ты тряпка, Лаймон Бэрри, тряпка, а не мужик! С чего это ты вбил себе в голову, что я беременна? Ты даже выслушать меня не захотел!.. Знаешь, Лаймон, ты мне противен. Пожалуй, я предпочту остаться в старых девах. Свадьба отменяется, дорогой!..

- Что ты со мной делаешь, Элен?!- хватаясь за голову, простонал он.

Лицо, так недавно перекошенное яростной решимостью настоять на своем, теперь было жалким, сморщенным, как у смертельно обиженного ребенка.

Джессику затошнило. Надоел! Сколько можно с ним возиться? Она попыталась выйти, но он преградил ей путь, упал на колени и, рыдая уже в полный голос, простирал к ней костлявые длинные руки, умоляя не бросать его снова.

- Черт, что за сцена!- злилась Джессика.

Этому полоумному ревнивцу самое место в сумасшедшем доме – для таких, как он, там приготовлены уютные комнатки, сплошь обитые мягкой тканью: бейся головой об стену хоть с утра до вечера, даже шишки не заработаешь.

- Ох, ну хорошо, я не сержусь,- сдалась наконец она, понимая, что скандал должен быть прекращен как можно скорее.

Несчастный придурок ожил, как увядший росток после дождя.

- Ты меня прощаешь? Правда? Ты меня не бросишь? нет? О, Элен…Элен, я так счастлив!..

Она вновь попыталась выйти, но не тут-то было, он пылко схватил ее в объятия и, осыпая поцелуями лицо, не давал сдвинуться с места.

- Так мы договорились? Ты согласна?

- На что?

- Не притворяйся идиоткой!- внезапно рассвирепел он.- Насчет ублюдка, которого ты носишь внутри себя!

- Ну все, с меня хватит!- вскипела она, пытаясь вырваться, но объятия этого мозгляка оказались неожиданно крепкими, и Джессике волей-неволей пришлось применить запрещенный прием. Лаймон согнулся от боли, схватился руками за причинное место, и она наконец выскочила из палатки, чуть не ставшей для нее западней.

Глава двадцать девятая.

Тьфу ты, зараза, вот пристал! Надо бы держаться от него подальше, мало ли что...Когда в башке расплодились тараканы, от человека можно ждать самых диких выходок и, как правило, обязательно дождешься, а ей приключения не нужны – во-всяком случае, такого рода!

Весь день Джессика избегала Лаймона как могла, даже за обедом просидев с отмороженным видом, напоминая себе самой принцессу изо льда – не подступишься. Кажется, уже все обитатели лагеря в курсе их взаимоотношений. Да, с Гордоном, похоже, пофлиртовать уже не удастся...вот незадача!..

Ближе к вечеру, когда невыносимая жара пошла на убыль, Лаймон разыскал ее снова. Глядя на этого смущенного, застенчивого человека, теребящего в руках свой носовой платок, было невозможно поверить, что всего несколько часов назад он вел себя с ней как восточный деспот.

Заикаясь и краснея, Лаймон долго извинялся за свое поведение – он сам не может понять, что на него нашло, устраивать подобные скандалы ему несвойственно, и так далее. Джессика не была злопамятной и не умела долго злиться, к тому же, говорят, худой мир лучше доброй ссоры... Конечно, они помирились.

В знак дружбы и обоюдной симпатии – на большее он не претендует!- Лаймон пригласил ее покататься на лодке по озеру. Окрестности, прилегающие к воде, удивительно красивы, говорил он, там много зелени, много цветов, яркие бабочки и стрекозы кружат над озерной гладью, а крохотные колибри, сверкая своим оперением, сбиваются в стайки, похожие на россыпь драгоценных камней...быть может, эта идиллическая картина поможет им примириться окончательно?

Сказать по-правде, Джессике не очень-то хотелось тащиться куда-то с этим недотепой, но отказать – значило поссориться снова...да и чем он сможет ей повредить? Конечно, Лаймон, как она успела убедиться, несмотря на свой субтильный вид, парень жилистый, мускулистый, но и ему будет достаточно удара ногой в подбородок...тем более, что сейчас на ней шорты, и никакие дурацкие длинные юбки не помешают провести коронный прием ее братца Дастина. Короче говоря, у Джессики не было никаких причин отказываться от прогулки. Какое-никакое, а развлечение!..

Лодка оказалась утлой скорлупкой, и Джессика поначалу с опаской поглядывала по сторонам, но минуты бежали одна за другой, а они все не переворачивались. Постепенно она успокоилась настолько, что начала интересоваться природой.

Лаймон не солгал, пейзажи были великолепными, вот только крокодилы немного действовали на нервы. Их ноздри, их желтые глаза с вертикальными зрачками, их бугристые головы и хвосты виднелись тут и там, и она сбилась с толку, пытаясь их сосчитать.

Лаймон сидел на веслах. У его ног помещался объемистый коричневый саквояж. Солнце, еще достаточно жгучее, пекло ему спину и голову. Пот выступил на лбу, струился по вискам, намочил рубаху между лопатками, и Джессика, невольно его пожалев, предложила не плыть посредине озера.

- Мы можем свернуть – хотя бы вон туда, в тень деревьев у берега,- показав рукой направление, она вопросительно глянула на своего спутника, но Лаймон лишь снисходительно улыбнулся.

- Деревья у воды кишат змеями, дорогая Элен. Ты ведь не хочешь до срока переселиться в мир иной? Нет? Я так и предполагал. Мы свернем чуть дальше, во-он в ту протоку. Там тихо, как в раю…быть может, еще тише…

Нехорошая улыбка блуждала по его лицу.

- Что у тебя в сундуке?- резко спросила Джессика.

- Приборы для нашего маленького пикника,- улыбаясь, ответил Лаймон, но его ледяные глаза не смеялись, и Джессике стало по-настоящему страшно.

Поехать с маньяком на романтическую прогулку – где была ее глупая голова, о чем она думала?!

Лаймон безумен, теперь это ясно, стоит только взглянуть ему в лицо. Эти трепещущие ноздри, эта ненависть, горящая во взгляде, эти тонкие губы, растянутые в пугающей полуулыбке…Нужно смотреть правде в глаза, Джессика снова влипла в историю!

Лаймон опасен, а рядом с ней нет никого, кто смог бы вытащить ее из этого дерьма. Значит, ей пора перестать дергаться и трястись, паника только ухудшит ситуацию, и без того отвратительную. Неужели он решил скормить ее этим тварям?..

- Для пикника?!- охрипшим вдруг голосом повторила она.- Но где же мы устроимся? Берега затоплены, везде полно аллигаторов…

- Они не помешают,- криво усмехнулся ее невменяемый спутник.- Иногда они даже бывают полезными - например, когда кому-то нужно скрыть следы преступления.

- Ты задумал преступление?- выдавила она через силу.

- Возможно, оно и не понадобится,- обжег ее взглядом Лаймон. Бог мой, как же он ее ненавидит!..

Ловушка, в которую ее заманили, была первоклассной. Кругом – тухлая вода с этими жуткими прожорливыми тварями, утлая лодчонка, не предназначенная для борьбы; сошедший с ума ревнивец и ничего под рукой, чтобы ему противостоять. Отлично, отлично…просто замечательно!

Глава тридцатая.

Протока, куда так стремился Лаймон, была уже совсем рядом – еще два взмаха веслами, и они окажутся там. Тропические деревья с пышными кронами, склоненные над водой, образовали шатер своими переплетенными ветками – сюда не проникали лучи солнца, здесь было сыро и пахло гниющими водорослями…как в мертвецкой…все, хватит, иначе она сойдет с ума от этих мыслей!

Отложив весла, Лаймон немного посидел с опущенной головой, сжимая и разжимая кулаки. Под его рубашкой перекатывались бугры мышц…да ей никогда в жизни с ним не справиться!

В голове всплыл совет из дамского журнала. Маньяка нужно заговорить, опутать словами, болтать и болтать без умолку, не давая ему опомниться от твоей трескотни. Она уже открыла рот, но Лаймон успел первым:

- Знаешь, зачем я привез тебя сюда?

- Заманил, так будет правильнее,- огрызнулась она.

- Пусть заманил, какая разница,- мимолетная улыбка погасла, сменившись гримасой.- Сиди ты по-прежнему в Лондоне, и ничего бы не произошло…но ты не захотела обнародовать свой позор…ты предпочла сбежать, обременив меня заботой о твоем ублюдке…

- Сколько раз тебе повторять, что я не беременна!

- Молчи! Молчи!.. Я устал от всей этой лжи!- взревел он с такой нечеловеческой яростью, что она прикусила язык от испуга.

Повисла пауза. Сердце билось у Джессики где-то в горле, грозя выпрыгнуть через рот. Та-ак…этого, пожалуй, заговоришь!

Уверенный в своей власти, Лаймон не торопился.

Медленно, неспешно подтянул к себе саквояж. Щелкнул замком.

У Джессики потемнело в глазах.

Нет, просто так он не выбросит ее за борт, иначе зачем ему нужно было тащить с собой все эти ножи, скребки, гвозди? Сначала он ее расчленит, а уж потом…потом спихнет в воду.

Она прикинула расстояние до весла. Схватить бы его, да врезать по башке!..

- Что ты собираешься делать?

- Оперировать. Ты безнадежно больна, но я хочу попытаться вернуть тебя к жизни, дорогая.

- Что?!!

- Ты хочешь избавиться от нежеланного ребенка и просишь меня помочь. Как истинный джентльмен, я не могу отказать даме своего сердца, тем более, своей будущей жене…если ты выживешь, не истечешь кровью, мы обязательно поженимся, любовь моя.

От ужаса у Джессики зашевелились волосы под шляпой. Аборт?! Это был худший сценарий из всех, что он мог выдумать, а она предположить. Если это произойдет…Боже, страшно подумать…Она, изрезанная, умирает от заражения крови под палящим африканским солнцем!..

Вытянув откуда-то сбоку моток грубой веревки, он ловко прихватил левую ногу Джессики за лодыжку и в мгновение ока примотал ее к скамье. Дико заорав, она принялась извиваться под его руками, и Лаймон поднял потное, искаженное злобой лицо.

- Тебе бы нужно не сопротивляться, Элен,- мертвым голосом пробубнил он,- Операция даст тебе шанс выжить, но отказ и сопротивление…клянусь, будет только хуже! Ты знаешь, как аллигаторы расправляются со своими жертвами?

- Так же, как ты, скотина,- потеряв голову, взвизгнула она, и Лаймон наотмашь хлестнул ее по щеке. Голова Джессики мотнулась, ударилась виском о какой-то выступ.

Сознание померкло, чтобы вернуться в тот самый момент, когда Лаймон заканчивал связывать ее руки. Терять времени было нельзя, и правой ногой, пока почему-то свободной, она что было сил ударила его в лицо.

Лаймон испустил сдавленный крик, опрокинулся на спину, и в воздухе мелькнули его бледные и худые безволосые икры.

Джессика с замиранием сердца ждала, когда он поднимется.

Лаймон ворочался как бегемот, раскачивая лодку – из его неудобного положения было не так-то легко встать на ноги. Проклятия, которые он изрыгал, могли напугать кого угодно, но Джессика их не слышала, сосредоточенно ожидая того единственного момента, который спасет ей жизнь.

И она дождалась.

Лаймону удалось наконец выпрямится во весь рост, он стоял на ногах нетвердо, размахивая руками в попытке обрести равновесие, и тут Джессика ударила его снова. В этот удар она вложила весь свой страх, всю ненависть и все отвращение.

Дико вскрикнув, Лаймон полетел за борт головой вниз. Лодка, коснувшись бортом воды, зачерпнула приличную порцию.

Вынырнув, Лаймон вцепился руками, больше похожими на клешни, в край лодки, попытался перекинуть внутрь свое нескладное длинное тело, но сил не хватило, и он в бешенстве замолотил кулаком по воде. Теперь от Джессики ничего не зависело, все, что она могла сделать - это лежать и ждать, чем все закончится.

Лаймон попытался еще раз. На его лбу вздулись жилы, когда он вытягивал тело из воды. Лодка прыгала перед ним, как живая, то налетая бортом, то наоборот, ускользая. Он закинул ногу, кряхтя, приподнялся на локтях, и Джессика в третий раз врезала ему по физиономии.

Булькнув, Лаймон скрылся под водой. Она понимала, что борьба идет не на жизнь, а на смерть. Сейчас Лаймон вынырнет, доберется до ее горла и переломит шею как соломинку – для этого даже в лодку лезть не нужно.

Она принялась вертеться, пытаясь освободиться от пут, но Лаймон связал ее так крепко, что мерзкая веревка впилась в кожу. Вытянувшись в струнку, она ослабила натяжение и, помогая себе пальцами второй руки, ломая ногти и обдирая выступающие костяшки пальцев, наощупь принялась поочередно избавляться от витков.

Лаймон, плюясь и отфыркиваясь, вынырнул двумя метрами ниже по течению. Достичь лодки можно было несколькими хорошими гребками, но судьба распорядилась по-иному.

Огромное замшелое бревно, прибившееся к берегу, внезапно ожило и задвигалось. Смерть приближалась к Лаймону со спины, и до того, как мощные челюсти сомкнулись поперек его тела, он ни о чем не подозревал.

Страшный крик ударил Джессику по ушным перепонкам. Нервы ее были напряжены так, что она истошно завизжала в ответ.

Умоляя о помощи, Лаймон бил руками по воде. Последнее, что слышала Джессика, был его предсмертный хрип, заглушаемый льющийся в рот водой.

Враз обессилев, Джессика перестала вырываться – казалось, она еще долго не сможет пошевелить ни одним членом.

Спасена!

Черт побери, спасена!..

Напряжение последних минут вылилось в короткое сухое рыдание, оцарапавшее гортань…чуть позже слезы хлынули сплошным неостановимым потоком, но эти слезы несли не горе, а облегчение. Оплакивать Лаймона она не собиралась. Смерть его была жуткой, это так, но разве лучше, если бы сейчас за бортом была она, Джессика, выпотрошенная как треска?..

Наревевшись вдоволь, она возобновила свои попытки избавиться от веревок. Постепенно они стали поддаваться ее усилиям, и вот уже обе руки распутаны окончательно. Дальше дело пошло куда как веселее и вскоре она полностью освободилась. Вот кретин этот Лаймон, прости, Господи! Во что, благодаря ему, превратились ее лодыжки и запястья? В телячьи отбивные с кровью?!

В саквояже нашлась чистая тряпочка. Кое-как обработав свои раны, Джессика села за весла.

Надо торопиться, скоро стемнеет, и все крокодилы этого озера стянутся посмотреть, кто это там беспомощно барахтается в их владениях.

Весла нипочем не соглашались действовать слаженно, и если одно зарывалось в воду, второе гребло воздух. Сражаясь с ними, Джессика в мгновение ока натерла себе мозоли на ладонях, одна тут же лопнула – боль была адской, но прекратить грести означало обречь себя на жуткую ночь под открытым небом, и она гребла, стиснув зубы.

Темнота упала внезапно. Еще минуту назад она видела то место, откуда они с Лаймоном отправились на свой упоительный пикник, как вдруг кто-то словно выключил свет, взамен рассыпав мерцающие звезды. Ничего, уже недалеко, успокаивала себя Джессика. Иссушающая тело жара сменилась ласковой вечерней прохладой. Легкий ветерок ласково играл ее распущенными по плечам волосами, на душу снизошел удивительный покой, словно вместе с порывами ветра улетели все кошмары сегодняшнего дня.

Нос лодки мягко ткнулся в песок. Неужели все?.. До лагеря оставалось пройти каких-то полсотни метров…все это прекрасно, вот только как она объяснит исчезновение Лаймона Бэрри?

Глава тридцать первая.

Объяснять никому ничего не придется, она поняла это, ступив на каменный парапет. Снова переместилась, и снова не домой! Сказать по правде, все эти бесцельные метания во времени и пространстве порядком ее достали. И зачем ей понадобилось красть этот дурацкий телефон у Огюстена? Стоп-стоп…у нее в голове уже все перепуталось. Первого звали Роберто, да, Роберто, без всякого сомнения.

Новая мысль заставила ее подпрыгнуть. А вдруг, пока она болтается по своим прежним жизням, в Нью-Йорке прошли годы, или, не дай Бог, десятилетия?..

Роберто давно развелся со своей истеричной склочной француженкой, заимел кучу детей, состарился, пережил еще три развода, и сейчас лелеет свою подагру?.. Хороша же она будет, свалившись на него как привидение из страшных снов!..

А вдруг, он в маразме? Тогда он даже не вспомнит, что знал ее когда-то.

Нда-а-а…безрадостная перспектива.

Но чтобы узнать, так это или нет, она должна прежде всего вернуться домой, пускай для этого даже придется пройти семь кругов ада. Будем надеяться, это последний!..

- Ага, сударыня, вот вы и попались!
Вздрогнув от испуга, Джессика шарахнулась в сторону. Набережная, до сего момента казавшаяся необитаемой, вдруг наполнилась фырканьем лошадей и цоканьем их копыт по булыжной мостовой.

- Готова поклясться, я уже слышала этот голос,- в замешательстве пробормотала она.

Отблеск пламени упал на лицо ее собеседника, и Джессика прикусила язык от изумления. Барон, как его там, сердитый муж Анны-Луизы, ее самого первого воплощения…ну, или кто-то другой, чертовски на него похожий! Интересно, почему ей всегда попадаются уродливые и деспотичные мужья?

Она огляделась по сторонам. Такое ощущение, что она тут не в первый раз. Неужели судьба вновь занесла ее в Париж?

- Вижу, вы меня узнали,- раскатисто рокотал густой бас над головой.- Прекрасно, сударыня, я счастлив…быть может, дорогая, вы так же вспомните и о вашем клятвенном обещании не покидать замок в Барри. Похоже, и в этот раз пагубная страсть оказалась сильнее вас, поэтому вы снова сбежали из-под стражи. Не крутите головой по сторонам, здесь нет людей графа. Я перехватил ваше письмо, перекупив посланца. Надо признать, вы ловкая штучка! Но знайте, сударыня – я вновь и вновь буду вставать на вашем пути, и – клянусь Богом!- я не позволю вам воссоединиться с любовником. Садитесь в карету, жалкая лгунья, и помните – вы в двух шагах от того, чтобы довести меня до умоисступления!..

Джессике ничего не оставалось, как послушно исполнить его приказ. Похоже, ревнивые мужья – бич всей ее жизни.

Утонув в мягких подушках, она полностью расслабилась, отдалась мерному покачиванию кареты в такт лошадиному аллюру, потом, вспомнив о нападении Гийома, с опаской отогнула краешек занавески и высунула нос в окошко.

Мрачные всадники, конвоировавшие ее с обеих сторон, навевали мысли о казематах и подземельях, пыточных камерах и прочих радостях, вроде дыбы. Да уж, это не Гийом – тот был полнейшим дилетантом, а эти выглядят профессиональными убийцами.

Карета ехала по ночному Парижу, и цокот копыт метался меж стенами домов – казалось, что по узким, похожим на ущелья улочкам передвигается целый кавалерийский полк. Куда это они ее везут?

Конечной целью предпринятого бароном путешествия оказался замок на берегу все той же реки – Сены?- точная копия затерянного в лесах замка де Плесси, только раза в три меньше. И все равно, здесь, в городе, он производил довольно внушительное впечатление. Неприступный со стороны реки, замок был отгорожен от мира высоким каменным забором, узкие окошки, пробитые в стенах, создавали впечатление необычайной массивности этих стен.

Карета въехала во двор, вымощенный булыжником, очередной ревнивый супруг, больше не интересуясь своей неверной женой, куда-то исчез. Джессику отвели наверх и заперли в комнате, похожей на спальню.

У служанки, несшей канделябр с тремя зажженными свечками, был такой обалдевший вид, что Джессику так и подмывало расхохотаться. Все дело, конечно, в ее необычном костюме – Франция в отношении одежды весьма и весьма либеральная страна, но, судя по всему, шорты они пока принять не готовы. Придется, видно, снова переодеваться в тесный душный корсет, пышные юбки и шнурованный корсаж…но ничего, если тут есть кто-то вроде милой камеристки Мари, сможет мастерски справиться со всеми этими крючками и петлями.

Кстати, в какой век ее занесло? Кажется, новое перемещение – это шаг назад. А что если в следующий раз она увидит себя сидящей в леопардовой шкуре у доисторического костра? Представив себя, грызущей огромную берцовую кость какого-то неведомого зверя, она рассмеялась.

Вместо приветливой служанки, которую ожидала увидеть Джессика, в замке присутствовала бледная немочь по имени Камилла-как-ее-там. Джессика всегда ненавидела таких женщин – прозрачная до синевы, с бледной кожей, из-под которой просвечивают сине-голубые вены, бесцветными бровями и ресницами, светлыми тонкими волосами и плоской грудью одиннадцатилетней девочки.

Камилла еще не произнесла ни слова, а Джессика уже почувствовала к ней сильнейшую антипатию.

- Чашка горячего шоколада на ночь,- поставив поднос, Камилла повернулась лицом к окну и застыла, сложив руки на груди.

- Если это все, можешь быть свободна,- небрежным движением руки Джессика подтвердила свои слова.

- Нам надо поговорить о…

- Завтра.

- Завтра будет поздно.

- Хорошо. Я слушаю.

- Я здесь по поручению Антуана де Барри.

- Кто это?

- Мадам изволила забыть имя собственного супруга-рогоносца?- отчеканила Камилла, в упор глядя на Джессику рыбьим взглядом.

- А, ну да, ну да…

- Граф де Барри поручил мне довести до твоего сведения, что, с тех самых пор, как он перехватил письмо, многое изменилось, и если раньше он был согласен держать тебя вдали от столицы, в заточении, то теперь настаивает на пострижении.

- На чем?!..

- На постриге в монахини,- сердито повторила та.

- Он хочет, чтобы я ушла в монастырь? Да с какой стати?.. Я не согласна!

- Тогда мы примем другое решение.

- Мы? Ты-то каким боком…а, поняла! Ты тоже спишь с ним , верно?

- Почему «тоже»? – изумилась Камилла.

- Неважно. Так, кое-кого вспомнила. Дай-ка попробую угадать…у тебя есть дети от него, верно?

- Я родила ему сына, и он его обожает. Я настоящая жена для него, я, а не ты!

- Так-так, ясно…Упечь меня в монастырь, конечно, твоя идея? Граф станет соломенным вдовцом…ну, и что тебе это дает? Он ведь все равно не сможет на тебе жениться!

- Пусть так, но он не женится и на другой – на той, что сможет родить ему наследника…для меня и моего малыша это очень, очень важно! Не будь тебя, и я сумею отвадить всех остальных претенденток …мой ребенок унаследует все его состояние! Вот почему я так надеюсь отделаться от тебя, милая Мадлен!

- А что, если я возьмусь за ум, и у нас с мужем появится ребенок? Я ведь вполне могу преодолеть отвращение, закрыть глаза и улечься под нашего общего супруга!..

- Ты бесплодна. Бесплодна с тех самых пор, как… Ты бесплодна на мое счастье!-взмахнув сжатыми кулачками, вскричала Камилла, и ее близко посаженные рыбьи глаза блеснули яростью.

Эта женщина была опасна, как гремучая змея – холодная, расчетливая, целеустремленная, приходящая в бешенство, когда кто-то встает на ее пути. Она была опасна, и Джессике почему-то отчаянно захотелось подергать тигра за усы, немножко подразнив свою собеседницу – просто так, желая от скуки пощекотать себе нервы.

- Зато ты плодовита, как крольчиха,- фыркнула она, отхлебывая глоток порядком остывшего шоколада. Будем надеяться, Камилла не подмешала туда мышьяк…с нее станется!

- Держу пари,- продолжала Джессика, вольготно раскидываясь в кресле,- ты не дворянка, ты из простых. Знаешь, такие девчонки с грязными пятками…они таскают помои свиньям, выгребают навоз за лошадьми…твой отец был конюхом, так?

- Нет. Мой отец был бароном де Плесси…у нас с тобой один отец,- неожиданно спокойно ответила Камилла.- Вся разница меж нами в том, что ты рождена в законном браке, а я – годом позже от преступной связи с камеристкой. Ты не хочешь признавать, что мы ровня, попрекаешь меня низким происхождением, но истина в том…

- Ах вот, почему ты соперничаешь со мной!

- Нет. Вовсе не из-за этого,- глухо ответила Камилла.- Сегодня день, когда я могу раскрыть свои карты. Ты, Мадлен, избалованная, капризная дрянь, но ненавидеть тебя только за это было бы глупо, наивно и смешно!

- Полагаю, пришло время раскрыть мне настоящую причину?..

- Пожалуй, да. Впрочем, я уверена, что ты знаешь ее не хуже меня.

- И все же?

- Несколько лет назад у меня появилась возможность устроить свою судьбу, вступив в законный брак. Одному Богу известно, как я любила своего избранника. Его звали Клод Жерар.

Выстрелив этим именем, она остро глянула Джессике в лицо, но та даже бровью не повела.

- Клод Жерар? Что-то не припомню.

- Ну-ну, Мадлен, не притворяйся, всему Парижу известно имя твоего любовника,- гримаса боли исказила ее черты.

Не в силах справиться с собой, Камилла приложила к лицу вздрагивающие ладони. Сейчас разрыдается, подумала Джессика, но ее сводная сестренка, казалось, была выкована из стали – глаза ее остались сухими.

- Не радуйся, тварь, в твоем присутствии я не заплачу. Я уже выплакала все свои слезы и душа моя очерствела,- справившись с собой, она вновь горделиво выпрямилась – ни дать ни взять восточная царица, посылающая в бой своих янычар.- Стоило тебе понять, что я счастлива, что живу ожиданием еще большего счастья, как в тебе проснулась зависть. Ты влезла между нами, сумела очаровать Клода …ты даже забеременела от него!

То, что он не был дворянином, тебя не смутило – конечно, скучая рядом с нелюбимым мужем, женщина мечтает о развлечениях, а Клод был единственным мужчиной, на правах моего жениха допущенным в дом…Граф ревновал тебя, страшно ревновал, но он и подумать не мог, что ты затеешь интрижку с чужим женихом!...

Узнав, что ты беременна, муж избил тебя хлыстом…избил так, что ты выкинула…он не рисковал потерять долгожданного наследника – по срокам выходило, что ребенок никак не может быть от него…после той экзекуции, выкинув, ты навсегда осталась бесплодной…с тех пор граф охладел к тебе, а меня… меня приблизил, сделав своей наложницей. Сказать по правде, меня это мало тронуло, хоть я и была рада тебе отомстить.

Потеряв Клода, а вместе с ним – надежды на другую, лучшую жизнь, я возненавидела всех мужчин мира. Мне было все равно, с кем делить ложе…кому отдавать на поругание свое тело. Иногда это даже доставляло мне своеобразное удовольствие – приходила ночь, и Антуан вел в опочивальню меня…на твоих глазах…Это продолжалось долго.У меня родился сын… Я была уверена, что отмщена, как вдруг графу удалось перехватить любовное письмо, адресованное тебе…оказывается, Клод нашел способ завязать с тобой тайную переписку!.. Вы даже умудрялись встречаться, подкупив слуг -

для этого тебе пришлось опустошить свой ларец с драгоценностями. Граф де Барри носил ветвистые рога, даже не подозревая об этом!

Разумеется, он впал в ярость. Поначалу твоя жизнь была в опасности, он нанял убийцу, готового задушить тебя шелковым шнурком, но потом понял, что смерть приходит только один раз, а монастырь...

- Странно,- перебила ее Джессика,- неужели он в первый раз решил изменить своим привычкам и собрался жениться на женщине с другим именем?

Камилла, для которой ее слова звучали полной абракадаброй, выпучила глаза.

- Я хочу сказать, такие мужчины обычно женятся на девушках по имени Одетт...ну, то есть, мне почему-то так кажется. Не знаю, почему,- Джессика с улыбкой пожала плечами.

Ненавидящий взгляд Камиллы жег ее каленым железом.

- Мое второе имя как раз Одетт,- прошипела она,- хочешь показать, что так презираешь меня, что даже не в силах запомнить мое имя?

- Ничего личного, сестренка,- желая успокоить бедняжку, Джессика погладила Камиллу по остренькому костлявому плечику, и та с негодованием отшатнулась.
- Теперь ты веришь, что победа останется за мной? Ты уйдешь в монастырь, чтобы никогда оттуда не вернуться. Жизнь монахини тяжела для таких кокеток, как ты – ни нарядов, ни украшений, ни свиданий с любовниками...тебя заставят молиться часами, замаливая свои прегрешения. Трудится придется наравне со всеми – ты будешь копаться в земле, мыть котлы, стирать белье и мести полы. Твои руки станут красными, кожа огрубеет. Красота твоя быстро поблекнет, ты состаришься. Писем от Клода больше не будет,- с удовольствием перечисляла она.- Возможно, ты попытаешься сбежать или захочешь наложить на себя руки, но тебе не позволят сделать ни того, ни другого. Верь мне, дорогая, тебя ждет просто ужасная жизнь.

- А если я откажусь от пострига?

- Тогда твое тело выловят в Сене.

- Ого!..

- Я не хочу твоей смерти. Куда больше меня устраивает твое заточение в монастырь святой Бернадетты,- похоже, Камилле было очень приятно смаковать все эти подробности.

Ее личико оживилось и порозовело, глаза заискрились торжеством.

- Смерть – это чересчур легко, несколько мгновений страдания, и ты навеки свободна. Но не надейся, так не будет. Я не позволю тебе умереть. Видишь ли, я хочу просыпаться на мягких перинах с мыслью, что ты спишь на соломе. Я мечтаю сполна насладится твоим унижением!..Я…

- Ладно, я поняла. В общих чертах, конечно,- снова перебила ее Джессика.- Уши вянут от твоей паранойи! Послушай, я вот что хотела спросить – и как это ты с такой бесцветной рожей собираешься навек привязать графа к своему подолу?

- Я не стану отвечать на откровенную грубость,- пожала плечами Камилла,- меня удивляет лишь то, что ты не желаешь смириться даже в безвыходном положении!

- Что делать, иногда лев остается львом, пока с него не снимут шкуру,- ухватив за кончик хвоста исчезающую мысль, Джессика посерьезнела и нахмурилась. – Послушай, сестренка, Скажи мне одну вещь – ты знакома с историей нашего рода?

- Да. Отец…

- Помнишь, была такая Анна-Луиза де Плесси?

- Разумеется.

- Расскажи мне о ней.
- Зачем? Впрочем, изволь. Анна де Плесси, твоя прабабка по материнской линии, была интриганкой, распутницей и воровкой. В молодости, будучи замужем за бароном де Плесси, она была представлена к королевскому двору, стала любовницей Людовика и с гордостью носила звание его официальной фаворитки. Смерть короля сбросила ее с пьедестала, вдовствующая королева заточила ее в тюрьму, но Анна, подкупив тюремщиков, бежала с любовником за границу, где след ее затерялся.

- А кто был ее любовником?

- Его имя мне неизвестно. Зачем тебе понадобилось ворошить всю эту грязь? Хочешь сказать, между вами много общего, и ты тоже планируешь бегство? Могу тебя заверить, оно не состоится.

- Почему ты так думаешь?- прищурилась Джессика.

- Сегодня ночью Клод падет от руки убийцы. Граф де Лавальер будет безутешен, он обожает окружать себя красавчиками. Конечно, я не должна была тебе этого говорить,- огорчилась мисс Маринованная – Треска,- однако, что сделано, то сделано. Кое-кто должен пырнуть его ножом – это произойдет с минуты на минуту. Пока что он жив. Я сразу почувствую, когда его не станет. Моя душа умрет вместе с ним… Мне искренне жаль, Мадлен, что я не сумела сдержать порыва и рассказала тебе все это. Зная, что Клода нет, тебе будет легче переносить заточение в монастырских стенах…но не волнуйся, я выдумаю что-нибудь еще – тебе на радость. Ляг, поспи, Мадлен, у тебя есть целая ночь, чтобы подготовится к постригу!..

Глава тридцать вторая.

Ужом выскользнув за дверь, она повернула ключ, и Джессика снова оказалась под замком. Потрясенная услышанным, она даже не пыталась протестовать.

Вот это темперамент!

Вот это Одетт так Одетт!..

И как же она сразу не догадалась, с кем разговаривает, она же видела фотографию этой девицы в спальне Роберто! Сходство определенно просматривается…значит, если с невесты этого олуха смыть всю косметику, она превратится вот в такую бесцветную особу?

Забавно. Роберто рискует получить сердечный приступ, увидев молодую жену наутро после свадьбы. Ты женишься на красотке с черными волосами и длинными ресницами, затем она идет в ванную , смывает свой великолепный макияж, и ты в коме.

Ну и ладно, это их дела. Задача Джессики – найти Клода. Но где же она его найдет?

Кажется, Камилла обмолвилась, что он состоит в свите какого-то герцога…только какого? Клода необходимо спасти, хватит с нее смерти одного Огюстена. К тому же, это первый на ее памяти случай, когда красавчик добровольно отказался от невесты в пользу любовницы…в пользу Мадлен, допустим, но это дело десятое!..

Итак, нужно действовать, и действовать быстро. Дверь предусмотрительно заперта, но есть окно. Вау!..

Окно находилось на высоте третьего этажа. Внизу – неспешно, неторопливо струила свои воды Сена. Переплыть ее несложно, но как для начала очутиться в воде? Не прыгать же из окна , так и шею сломать недолго!

Может быть, где-нибудь здесь спрятана веревочная лестница? Знатные дамы того времени только и знали, что удирать из заточения по веревочным лестницам…ну-ка, ну-ка…а это что такое?

Пыльная бархатная портьера скрывала потайную дверь в стене. Закрыто! Черт, где же ключ? Подскочив к секретеру, Джессика принялась нетерпеливо перетряхивать ящик за ящиком, пока не выудила тонкую изогнутую шпильку. Ладно, на худой конец, и это сойдет. Дастин, честь ему и хвала, в свое время научил ее лихо справляться с закрытыми замками…господи, твоя воля…а был ли Дастин-то? Может, его не было и в помине?..

Поковыряв шпилькой в замке, Джессика почувствовала, что дверь подалась под ее рукой.

Получилось!

Невероятно, у нее получилось!..

За дверью царила непроглядная тьма. Вытащив одну толстую витую свечу из подсвечника, Джессика храбро шагнула вперед и чуть не скатилась вниз по узкой винтовой лестнице.

Так, стоп. Все это прекрасно, но куда же она пойдет в этих шортах?

Быстро переодевшись, она соорудила из тряпья подобие человеческой фигуры, накрыла ее одеялом с головой и вышла из комнаты, аккуратно прикрыв за собой дверь. Пора торопиться, и так уже много времени потеряно зря!

Она спустилась вниз, никого по дороге не встретив. Как знать, может быть, Мадлен пользовалась именно этим выходом для своих тайных рандеву!

Виток за витком, и лестница уперлась в дверь, из-под которой пробивалась полоска света.

Джессика прислушалась. Где-то неподалеку гомонили грубые мужские голоса. Нет, ей явно не сюда. Вторая лестница, гораздо уже первой, вела куда-то вниз – в подвал, винный погреб? В принципе, никакой разницы нет, лишь бы не быть схваченной на пути к свободе. Как знать, вдруг граф не разделяет гуманных взглядов своей морганатической жены? Ему-то как раз смерть Джессика, то бишь Мадлен, может быть очень и очень выгодной…она поймала себя на мысли, что уже в который раз полностью отождествляет себя со своей предыдущей оболочкой.

Может быть, именно в этом ее ошибка? Может, нужно было просто уйти в тень, не мешая реальным персонажам этого действа играть назначенные им роли?

Ход сузился до такой степени, что она уже с трудом протискивалась. Сильно пахло сырой землей. Это, наверное, подземный ход, осенило ее. Все уважающие себя средневековые замки обязаны иметь подземный ход…та-ак! А вот сюрпризов не надо!..

Проход преградили наваленные горой камни. Кто-то здорово потрудился, таща сюда все эти булыжники. И что теперь? Получается, все ее усилия были напрасными?

Игра внезапно перестала быть смешной. Если она отсюда не выберется, завтра монахини обкорнают ее волосы, запрут в келье, а для полноты картины отберут мобильный телефон как орудие дьявола!..

Внезапно накатившее изнеможение заставило ее сесть на пол. Может быть, где-то в мире и существуют люди, всюду приходящие вовремя, такие, кого все любят и уважают…почему же она к ним никаким боком не относится?! Она, как это не печально, принадлежит к сонму неудачников - жизнь проходит, ничего не складывается… черт, ноги затекли!

Попытавшись встать, она хотела опереться о стену, рука нырнула в пустоту, и Джессика повалилась на спину, капнув горячим воском себе на грудь. Вскрикнув, она уронила свечу, и та, прежде чем погаснуть, подожгла ей волосы. Взвыв от ужаса, Джессика прихлопнула пламя ладошкой, и некоторое время, не ощущая боли, сидела в кромешной темноте, слушая биение собственного сердца.

- Я хочу домой,- слабым голосом пробормотала она,- мне все здесь осточертело… хочу домой!!

Может быть, стоило рискнуть, поискав нужные кнопки? А вдруг ей снова не повезет, что ж тогда, придется застрять тут на веки вечные? Нет уж, не надо ей такого счастья! Рука, потянувшаяся было к карману, скользнула мимо. Мозг зафиксировал подозрительную пустоту, сознание включилось не сразу, а когда включилось, Джессика подпрыгнула, как ужаленная.

Телефон исчез!..

Так, отлично, просто замечательно…пропажа телефона – как раз то, что ей сейчас нужно больше всего! Ну, и где ж он может быть? Да где угодно, вот в чем дело. В карете среди подушек, в спальне на ковре, в чернильной тьме на земле у ее ног…нет, карета исключается…

Переодеваясь полчаса назад в своей комнате, Джессика сунула его в карман, она это ясно помнила…значит, он выпал где-то здесь, в коридоре или на лестнице. Это уже легче. Она разыщет пропажу, но потеряет время. Ладно, неважно…хотя, как неважно, если из-за своей безалаберности, она рискует сразу двумя жизнями – своей и Клода!

Она пошарила руками вокруг себя. Ничего.

Это что ж получается, теперь ей придется проползти на карачках весь коридор и, по меньшей мере, полсотни ступенек? Нет уж, лучше вернуться в спальню, взять свечу и искать, как это делают цивилизованные люди.

Сделав еще шаг, она наступила на что-то хрупкое. Побежали зеленые искры и слегка запахло паленым. Вскрикнув, Джессика проворно нагнулась. Черт возьми!..

Наощупь казалось, что все более-менее цело, треснул только корпус, а что там на самом деле, кто знает? Нужно скорее выбраться к свету…кстати, а куда ведет этот крысиный лаз, в который она давеча свалилась? Не на свободу ли? Другого выхода все равно нет, так что стоит попробовать.

Спрятав телефон поглубже, она вновь опустилась на четвереньки и не без опаски поползла вперед. Скорпионов здесь, конечно, не водится, но на заурядное мышиное гнездо наткнуться тоже не хотелось бы. Маленькие розовые новорожденные мышата...гладенькие, голые ...тьфу, мерзость какая!

Обдирая колени, она лезла неизвестно куда, стараясь по возможности не думать ни о мышах, ни о том, что будет, если земляные своды рухнут, похоронив ее здесь. Внезапно к запаху земли подмешались другие, затхлость сменилась свежестью, она распласталась на животе, приподнялась на локтях, сделала последний рывок и – оказалась на свободе. Где-то рядом плескалась вода.

Джессика оглянулась через плечо. На фоне звездного неба высился темный силуэт замка, из которого она с таким трудом вырвалась. Смешно вспомнить – когда-то она боялась замкнутого пространства и избегала поездок в лифте. Да лифт – просто бальный зал по сравнению с этим гнусным подземным лабиринтом!

Поднявшись на ноги, она растерянно огляделась по сторонам.. Нужно идти, но куда? Черт, и спросить-то не у кого! Через реку ей явно не надо. Значит, следует обогнуть эту ограду, выйти на улицу и начать поиски графа-как-его-там, у кого и служит Клод Жерар...интересно, в качестве кого? Садовник, повар, оруженосец или, может быть, конюх? Впрочем, неважно, кем бы он ни был, она его любит и не позволит вскрыть ножом.

Ночные парижские улицы были пустынны. Совсем недавно, лет полтораста назад, она уже бывала здесь...а что, инквизиция еще в силе, и несчастных француженок до сих пор сжигают на кострах? Она вспомнила жуткий эпизод сожжения и содрогнулась. Какой ужас!..

Глава тридцать третья.

Мысли ее перескочили на нечто более приятное. А ведь Анна-то де Плесси оказалась удачливее всех остальных – и драгоценности сохранила, и любовника, и свободу...оставила с носом и рогоносца-мужа , и завистливую дуреху-королеву...должно быть, парень сменил-таки гнев на милость, ведь отношения у них были не так, чтоб очень...а может быть, она сумела раздобыть приворотное зелье? Или сбежала за границу с другим человеком? От нее ведь всего можно было ожидать!..

За углом послышались крадущиеся шаги, и Джессика шагнула во тьму, благоразумно решив спрятаться в нише. Мимо нее скользнули двое мужчин со шпагами и в плащах – люди?.. Бесплотные тени?.. Вот бы узнать, что у них намечается – свидание или дуэль?

Стоило им исчезнуть за поворотом, как в обратном направлении торопливым шагом просеменили две дамы – ночная жизнь здесь кипит, что и говорить!

До ее ушей долетел сдавленный вздох. Эге, да ведь она тут не одна! Сердце Джессики подпрыгнуло и заколотилось в горле. Она никогда не была трусливым зайцем, но все эти неожиданности кого угодно с ума сведут! Ладно, раз ее до сих пор не пырнули кинжалом, значит, опасности нет.

Протянув руку, Джессика коснулась чьей-то одежды. Кажется, перед ней женщина – к тому же, до смерти перепуганная. Найдя ее руку, Джессика пожала безвольную ладонь, демонстрируя свои мирные намерения.

- Кто ты? Почему здесь прячешься?

- Я не знаю…не знаю, куда мне идти.

- Гляди-ка, и у меня та же история. Я тут недавно, никого не знаю…Слушай, ты не в курсе, где резиденция графа…не помню фамилии? Мистер Лавальер, что ли?.. Мне, видишь ли, позарез нужно найти одного из его парней…может, ты его знаешь? Такой Клод Жерар…Что такое?

Прерывисто вздохнув, незнакомка вцепилась в ее рукав.

- Ты ищешь Клода? Зачем? Где он? Мы должны были встретиться на пристани, но я ждала, ждала два часа, а он так за мной и не приехал…

- Мадлен! Ну разумеется, ты Мадлен де Барри! Иначе и быть не могло!- обрадовалась Джессика, но ее собеседницу столь бурная радость только испугала.

- А ты? Кто ты такая? И зачем тебе понадобился Клод? Он мой, и я никому его не отдам, слышишь? Никому! Никому!..

Вспышка гнева Мадлен быстро угасла, сменившись хлынувшими слезами. У Джессики вытянулось лицо. Вот размазня! Между ней и ее прабабкой глубочайшая пропасть…потомком Анны де Плесси могла быть Камилла - вот уж кому характера не занимать!

- Хватит реветь!- грозно приказала Джессика, и глаза Мадлен высохли как по волшебству.

- Кто ты?..

- Джессика Дэррик, американка. Слушай, это важно. Я только что из замка. Граф принял меня за тебя, запер в башне, подослал эту бесцветную Камиллу с угрозами…ты, кстати. В курсе, что тебя собираются упрятать в монастырь? Нет? граф страшно зол за побег, а Камилла спит и видит вывести в люди своего незаконнорожденного мальчишку…короче говоря, ты у них как заноза в заднице.

- Что? Как что?..

- Да ладно, не придирайся к словам,- рассердилась Джессика,- я ведь еще самого главного тебе не сказала! Ты знаешь, что у твоей сестрички до сих пор зуб на тебя? Оказывается, она все никак не может забыть, что ты увела у нее парня. Говорит, жизнь ее разрушена…

- Но я полюбила…Полюбила по-настоящему!

- И она любила его, разве нет?

- Да, возможно, но ведь она уже вовсю спала с моим мужем!

- Ладно, девчонки, это в конце-концов не мое дело, разбирайтесь сами, да и не об этом сейчас речь…Камилла решила отомстить, подослав к Клоду наемного убийцу, и может быть, уже сейчас… Ты знаешь, где он может быть?

- Убийцу?! Убий…цу?..

- Запомни, если ты упадешь в обморок, мы опоздаем. Возьми себя в руки, дуреха! Ну, куда идти?..

Подхватив шуршащие юбки, они кинулись бежать вдоль домов. Запыхавшись, Мадлен остановилась под фонарем, сбросила капюшон и, поправляя волосы, скользнула взглядом по лицу своей случайной спутницы. В следующее мгновение она отшатнулась в сторону, вскрикнула и закрылась руками, словно отгораживаясь ими от привидения.

- Ну да, похожи, похожи,- кивнула Джессика,- давай не будем терять времени, ведь жизнь Клода сейчас зависит от быстроты наших ног. Послушай, да кому, в конце-концов, это нужнее – тебе или мне?!

- Одно лицо! Одно лицо!- бормотала Мадлен, комкая в ладони батистовый платочек.

- Да прекрати ты!- вспылила Джессика.- Пока ты здесь охаешь, Клода на куски порежут!

- Почему я должна тебе верить?- неожиданно заартачилась Мадлен.- Может быть, именно тебе поручено свести с ним счеты, воспользовавшись нашим поразительным сходством? И ты требуешь, чтобы я привела тебя к нему…сама привела?

- Дура! Ох, Мадлен, какая же ты трусливая и недоверчивая дура!

- Оставь меня, слышишь? Оставь нас! Тебе заплатили, но я заплачу тебе больше! Вот, возьми…здесь все, что у меня есть!- швырнув в лицо Джессике кожаный мешочек, набитый золотыми монетами, она свернула в ближайший переулок и бросилась бежать со всех ног.

От удара об землю шнурок лопнул, монеты разлетелись по мостовой…Джессика просто не могла их оставить! Когда она подняла последнюю, Мадлен уже и след простыл. Чокнутая!.. нет, ну честное слово, хочешь как лучше, а выходит сплошное дерьмо!

Мелькнула мысль оставить все, как есть – пускай эти ненормальные бабы сами разбираются между собой, но Джессика не могла уйти. Не мог-ла!..Что-то держало ее за шиворот, толкало вперед, заставляло искать единственно верное решение…что, как не любовь, глубоко укоренившаяся в сердце?

Добежав до постоялого двора, она сунула заспанному трактирщику золотую монету и не терпящим возражений тоном приказала немедленно запрячь для нее экипаж и дать в сопровождение двух крепких ребят. Деньги – великая сила, уже несколько минут спустя ей было предоставлено все, что было потребовано, и Джессика наконец смогла тронуться в путь.

Глава тридцать четвертая.

Дворца графа де Лавальер она достигла с первыми лучами рассвета. Приникнув к резной чугунной решетке, она тщетно искала глазами того, кто впустил бы ее внутрь. Все окна были темными, дворец спал, и она побежала вдоль стены, разыскивая потайную дверь или что-то вроде нее – как же они обходятся, если нужно незаметно ускользнуть? Неужели каждый раз помпезно раскрывают ворота?

Дверца нашлась – более того, она оказалась незапертой. Толкнув ее, Джессика лицом к лицу столкнулась с краснорожим толстяком, несшим вахту. Опешив, оба несколько секунд стояли без движения.

- Клод Жерар? Я ищу его,- Джессика опомнилась первой,- мы любовники, и сегодня вечером должны были встретиться. Где он? Где его комната?

- Увы, мадам, нынче ночью он не один,- конфузливо ухмыльнулся толстяк.

- Что?!

- У него женщина, мадам.

- Женщина, вот как…Когда она пришла?

- Вчера вечером.

- Где его комната, быстро!- сверкнув глазами, крикнула Джессика.

- Во-он там,- вытянув толстый короткий палец с обгрызенным ногтем, испуганно заторопился страж порядка.

Оттолкнув недотепу в сторону, Джессика пустилась бежать в указанном направлении. Двери мелькали мимо нее. Куда он показывал, сюда, что ли? Женщина, с ним женщина ...ох, хорошо бы там был только секс!..

Распахнув нужную дверь, она с полминуты вглядывалась в полутьму. Постельной возни не слышно...а что, если они спят, устав от любви? Хороша же она будет, устроив тут трам-тарарам... В любом случае нужно все выяснить!

Джессика робко шагнула в комнату. Где-то поблизости журчит вода...крыша течет, что ли? На кровати кто-то спал. Кажется, он один...может подружка отлучилась принять душ? Ах, да, душ еще не изобрели...

Черт , ничего не видно, свечку бы сюда...Свечку, Боже мой! Скоро она забудет, что существует электричество!

- Эй!.. Клод! Ты как?..- позвала она, остановившись у постели, скрытой пологом. Зачем они навешивают над кроватями столько пыльных тряпок, дышать же нечем!

- Кло-од!.. Просыпайся!

Парень не отвечал. Джессика потрясла его за плечо, и он обмяк под ее рукой.

Обмирая от страха, она потянула его на себя и, в неярком свете разгорающегося утра, льющемся сквозь ставни, увидела нож, по самую рукоятку воткнутый в ямку у основания его шеи. Кровь тихо журчала, вытекая из раны. Умирающий агонизировал. Глаза его были полузакрыты, из горла рвались булькающие хрипы. Джессике вдруг подумалось, что она облегчит его страдания, если выдернет нож. Кровь, брызнувшая из раны, попала ей на лицо. Усилия оказались тщетными, парень испустил последний вздох и сердце его остановилось.

- Не успела,- прошептала Джессика, проводя тыльной стороной ладони, не испачканной в крови, по его щеке – нежной, совсем мальчишеской.- О, Боже правый!.. Это не он!

Убитый при жизни был очень симпатичным мальчиком, но он не был Клодом...убийцу могли ввести в заблуждение его шелковистые черные локоны...бедняжка, он пострадал за другого!

За ее спиной послышались шаги, заглушаемые бряцаньем железа. Если ее застанут здесь, о ней подумают неизвестно что... чего доброго, еще в убийстве обвинят!

Раздумывать было некогда, и она вылезла в окно, вернее- попыталась вылезти, но чья-то сильная, мускулистая рука помешала ей это сделать.

- Куд-да?!

- Убийство!- вскрикнул кто-то, и Джессика медленно обернулась на голос.

Комната была полна людей. Они принесли с собой огонь, зажгли свечи, и в этом мерцании картина, представшая ее глазам, стала еще непригляднее. По полу была разбросана женская одежда – плащ, какие-то другие тряпки…

Внезапно Джессике стало все понятно. Если здесь была женщина, куда она могла уйти в голом виде, без одежды? Но женщины здесь не было.

Мальчишку убил мужчина, переодетый в женское платье. Скинув ненужную одежду, он ушел в своей, только и всего! Роста он должен быть небольшого, телосложения хрупкого – хитрость, вот что стало его истинным оружием.

Воткнуть нож в грудь ничего не подозревающего человека – дело нетрудное, нужно только знать, как к нему подойти…может, сначала они крепенько надрались? Ну да, вот и бокалы у изголовья стоят на серебряном подносике…

Все эти предположения пронеслись у нее в мозгу за долю секунды. Собравшиеся смотрели на нее так, словно с поличным взяли именно ее, а не какого-то мифического недомерка. У краснолицего толстяка, сдавшего кому-то свой пост и теперь маячившего в дверях, на физиономии читалась целая гамма чувств – от»не может быть!» до «я так и знал!».

- Ну, шлюха,- отнесся к Джессике один из мужчин.- Говори, кто и зачем тебя сюда послал?

- Во-первых, я не шлюха,- огрызнулась Джессика, вырывая занывший локоть из стальных пальцев стоявшего с ней рядом верзилы,- а во-вторых, я этого парня не убивала, если ты это имеешь в виду!

- Не убивала? Лжешь! Твои руки в крови…

- Да, они в крови, потому что я выдернула нож!

Присутствующие иронически переглянулись, Джессика уловила этот взгляд, и поняла, что ей никто не верит.

- Говорю вам, я вошла сюда, когда он уже был мертв…труп, труп, понимаете?
- Она ворвалась сюда, как умалишенная,- наябедничал толстяк,- стоило мне сказать, что Жерар Филипп уединился с дамой, как она ошалела от ревности. Убийство – ее рук дело, я вам клянусь, чем хотите!

- Послушайте, я искала человека по имени Клод Жерар, а этого парня в первый раз вижу? Зачем мне его убивать?

- Я говорила, Клод, что она придет по твою душу,- раздался взволнованный голос Мадлен, до поры до времени скрывавшейся за портьерой вместе с любовником.

Выйдя вперед, она встала напротив Джессики и с гневом и ненавистью смерила ее взглядом с головы до ног.

- Взгляни только, как мы похожи! Камилла нарядила ее в мое платье… Ты принял бы ее за меня, и ей не составило никакого труда сделать свое черное дело, любовь моя!

Клод выступил вперед. На его красивом лице недоверие смешалось с удивлением, презрением, брезгливым интересом, сожалением и бог знает, чем еще. Увидев его живым, Джессика почувствовала невероятное облегчение, сменившееся страшной усталостью. Пусть Мадлен де Барри и безмозглая истеричка, с которой невозможно столковаться…но Джессике было бы искренне жаль, потеряй она любимого человека.

- Кто ты?- спросил Клод.

В его голосе не было злости, одно удивление, и Мадлен, почуяв что-то неладное, с тревогой взяла его за руку.

- Я никого не убивала, клянусь,- вместо ответа повторила Джессика.

Рот его отвердел. Скулы обозначились четче.

- Мы это выясним, мадемуазель,- пообещал он.

Глава тридцать пятая.

Не успев опомниться, Джессика оказалась запертой в темнице. Какое-то время спустя ей принесли хлеб и воду. Выпив пару глотков, она протерла оставшейся влагой вспотевшие ладони и лицо.

Похоже, за время своего путешествия она насидится в тюрьме до тошноты – может, это знак свыше? Дастин постоянно отмазывает ее от отсидки за недостатком улик, то-се, но по его мрачным пророчествам, придет день, когда он окажется бессилен, и вот тогда-то она получит срок на полную катушку!.. Конечно, современная тюрьма не чета средневековой – сжечь не сожгут, но и сбежать не удастся. Стоит задуматься…

Загремели засовы, скрипнула дверь, и в подземелье вошел человек, которого она никак не ожидала здесь увидеть. Клод…и как ему только удалось сбежать от недреманного ока Мадлен?

Клод медленно, неторопливл спускаля по лестнице. Мираж, сбывшаяся мечта…Стройные, длинные, мускулистые ноги, узкие бедра, тонкая талия, широкая грудь, широкие плечи, крепкая шея, волевой подбородок, синие глаза, черные вьющиеся волосы, в беспорядке разметавшиеся по плечам…на губах играла загадочная многообещающая полуулыбка, и от этой улыбки в душе у пленницы заныла какая-то чувствительная отзывчивая струнка.

Не отдавая себе отчета в своих действиях, Джессика двинулась ему навстречу. На расстоянии вытянутой руки оба, не сговариваясь, разом остановились, затем Клод медленно, словно сомневаясь, протянул вперед руку и легонько коснулся ее щеки, обвел кончиком указательного пальца капризный контур губ…

Напряжение нарастало. Еще мгновение, и неведомая сила швырнула их в объятия друг другу. Язык Клода проник в ее рот через призывно полуоткрытые губы, и время замедлило свой бег, чтобы исчезнуть вовсе.

Она опомнилась лишь тогда, когда красавчик трясущимися от страсти руками принялся расстегивать тугие крючки ее корсажа, собрала волю в кулак и вырвалась от него – растрепанная, раскрасневшаяся, возбужденная поцелуями и доведенная дерзкими прикосновениями до опасного предела.

Клод умоляюще сложил ладони, но она отрицательно покачала головой, и он отступил. Пока Джессика торопливо приводила себя в порядок, Клод задумчиво смотрел на нее, не произнося ни слова, потом, как видно, на что-то решившись, повел ее за собой вверх по лестнице.

Джессика хотела что-то спросить и даже уже открыла рот, но Клод предостерегающим жестом приложил палец к губам, и она решила помолчать, раз уж ему так хочется.

Заперев дверь подвала на огромный висячий замок, Клод вывел пленницу через какую-то потайную дверцу – ей пришлось согнуться чуть ли не вдвое, чтобы туда пролезть.

Остановившись на пороге, он вновь с силой привлек ее к себе, поцеловал один раз, словно прощаясь навеки ,и, вытолкнув на улицу, повернул ключ в замочной скважине.

Это было самое странное рандеву в ее жизни – безмолвное, страстное, безумно романтическое и огорчительно короткое – кто знает, предоставит ли ей судьба вторично такую потрясающую возможность побыть наедине с любимым, предназначенным другой женщине? Вряд ли…

Не заботясь о том, что ее могут здесь обнаружить, Джессика прислонилась к стене, испытывая едва ли не физические муки из-за своей идиотской нерешительности…что, ну что ее удержало?! Замотав головой, она застонала, как от зубной боли – она хотела его, о, как же сильно она его хотела!..

Измотанная всеми этими мыслями и переживаниями, выжатая как лимон, она уныло побрела дальше. Улица, огибавшая замок с тыла, была пустынной. Джессика старалась не думать о том, что с каждым шагом удаляется все дальше и дальше от своей любви…чем он сейчас занят, что делает? Смотрит ли в окно, жалея о том, что могло бы случиться и не случилось? Да нет, вряд ли. Ответ прост и очевиден, как белый день. Где же еще быть Клоду. Как не в постели с Анной- Луизой…тьфу ты, с Мадлен, конечно, с Мадлен… с ума сойдешь со всеми этими бабами!

Идти ей по большому счету было некуда. Сердце звало Джессику назад, но разум подсказывал, что возвращаться опасно, тем более, что свою единственную возможность она уже прозевала. Ну и все, и хватит терзаться!..

Раньше для Джессики никогда не существовало проблемы, куда пойти в чужом городе, она всегда могла найти себе занятие – но здесь, в Париже середины Бог знает какого века, деваться было абсолютно некуда. Кино еще не изобрели, луна-парков нет и в помине, остается только одно – выбрать трактир почище, и сидеть там. Тоска-а-а!..

Выйдя из гнусного, узкого, темного переулка на широкий бульвар, Джессика смешалась с толпой. Плащ мешал ей, и она его сняла. Попадавшиеся навстречу кавалеры галантно кланялись ей, и Джессика, по примеру остальных дам, одаряла их пленительной мимолетной улыбкой.

Внезапно ее глаза выхватили из беззаботно фланирующей толпы чье-то напряженное лицо…какой странный парень! Бледная кожа, светлые неподвижные глаза – ну, и какого черта он так на нее уставился? Любуется ее красотой, но почему с таким зверским видом? Подумала, и тут же забыла.

Из-за угла вывернули несколько всадников, и Джессика, чтобы не попасть под копыта, глубже затесалась в толпу, шарахнувшуюся в стороны. Сзади ее сильно дернули за платье, потом ощутимо толкнули. У меня украли кошелек, осенило Джессику. Нашарив рукой мешочек с золотыми монетами, висевший там, где ему было положено висеть, она поранила руку обо что-то острое, непонятное…обломок иглы, что ли?

Джессике вдруг стало неуютно. Передвинув кошелек вперед, она попыталась разглядеть помеху. Действительно, шило, причем, сломанное пополам…откуда оно здесь взялось?!

Выбравшись из толпы, она присела на скамью и задумалась. Странно все это!

Ее преследовало ощущение, что упущено что-то важное, но что?.. Попытаемся снова.

Итак, иглы такого размера сами по себе никуда не втыкаются – разве что по соседству с ней прошел, оставаясь совершенно незамеченным, огромный лысеющий дикобраз. Значит, сломанная игла не что иное, как дело человеческих рук, верно?

Удар пришелся снизу вверх, это видно по дырке в кожаном боку кошелька. Удар был сильным, шило не выдержало и сломалось…мама дорогая, ее хотели убить! Не окажись туго набитого кошелька на пути этого проклятого шила, и оно пробило бы ей почку, а это- немедленная смерть!..

У Джессики перехватило дыхание. Выходит, она родилась в рубашке, если избежала подобной участи!

Но кто? Почему? Внезапно ниточки сами собой связались в узелок. Разбросанная женская одежда, труп незнакомца, убитого вместо Клода…странный взгляд мужчины, попавшегося ей навстречу…ну, конечно!

Она обвела глазами окрестности. Убийца должен быть где-то рядом. У него ничего не вышло, и он, несомненно, попробует еще раз. Веселенькая перспектива! Черт, она ведь даже не запомнила его лица …одни глаза, пустые, холодные, как у змеи. Такой взгляд бывает у человека, решившегося на все…ой, нет, лучше не думать, иначе она завизжит от страха.

Так, трактир отменяется. В пустой комнате, лежа в постели и, не дай Бог, заснув, она станет легкой мишенью.

Густая толпа тоже не годится. Это мы уже проходили. Подкравшись незаметно, он пырнет ее чем-нибудь в бок, и скроется в толчее незамеченным, оставив свою жертву захлебываться кровью.

Пустынные улицы не менее опасны – вдруг у него есть сообщники? Они окружат ее и размажут по стенке, и никто из ее нью-йоркских друзей так никогда и не догадается, куда это она запропала. Дастин и теперь, наверное, недоумевает, почему ее еще не выловили за кражу в очередном бутике? Он позвонит ей домой, но телефон не ответит, и Дастин, выждав время, позвонит снова. Опять ничего. Он разыщет хозяина, покажет ему свой полицейский жетон, и старый пройдоха даст ему ключ, попутно сообщив, что срок платить денежки давным-давно прошел. Дастин, конечно, не станет платить за нее – какой смысл содержать пустую квартиру, если не знаешь, на каком свете ее наниматель? Пустая трата денег, а ведь ее братец терпеть не может раскошеливаться. Он прослушает автоответчик, посмотрит на слой скопившейся пыли, на грязную посуду в раковине, пожмет плечами, и отдаст кому-нибудь из своих подчиненных приказ поискать ее по больницам, приютам и моргам. Дастин хоть и зануда, но хороших черт характера у него не отнять. Повезет кому-то с ним …лет через десять-двадцать. Дастин не из тех, кто женится и разводится по многу раз, ему нужна одна женщина, но на всю жизнь, и в этом, кажется, она с ним солидарна.

Джессика думала о Дастине с нежностью – в конце-концов, он единственный человек на свете, кто мирится с ее недостатками и любит ее такой, какая есть, не пытаясь переделать – ну, разве что в мелочах.

Рядом с Джессикой, обманутый ее долгой неподвижностью, присел мужчина с седыми бачками. Стоило ему раскрыть рот, как Джессика встала и удалилась с каменным лицом. Хватит с ее случайных знакомств – ничем хорошим это, как правило, не кончается!

Украдкой оглядевшись по сторонам, она не заметила никого похожего на своего потенциального убийцу – все выглядели загримированными актерами из голливудского псевдоисторического фильма. В душе вдруг вскипело раздражение. С какой это стати ей приходится за всех отдуваться?! И вообще, если у Камиллы, судя по ее словам, нет кровожадных намерений, то почему этот ненормальный гоняется за Джессикой с шилом наперевес? Кто ее заказал, не граф ли? Ему-то соломенное вдовство ни к чему, ему жениться хочется, да небось на молоденькой, да загрести приданое побогаче...зачем ему возиться с этой сушеной треской Камиллой? Нет понять его можно, вот оправдать сложнее.

Внезапно она решилась. Противно жить в вечном ожидании падения на макушку кирпича с крыши, нужно что-то делать с этим страхом, причем немедленно. Она ускорила шаг, высматривая удобную поперечную улочку, и как только выбрала подходящую, метнулась туда со всех ног. Спрятавшись за выступом дома, принялась ждать, сработает или нет.

Долго ждать Джессике не пришлось. Дробный топот, и вслед за ней в переулок влетел ее преследователь – к счастью, один. Головоломка сошлась!

Остановившись так резко, словно налетел на кирпичную стену, парень растерянно крутил головой. Жертва исчезла – она словно в воду канула ! Сделав шаг назад, он окинул взглядом только что покинутую улицу – вдруг произошла ошибка, и дуреха Мадлен де Барри знай идет себе дальше.

Джессика понимала, что медлить нельзя. Еще секунда, и он смекнет, что она прячется где-то здесь, совсем рядом. Сзади потянуло сквозняком, она обернулась, увидела приоткрытую дверь и, стараясь действовать как можно более осторожно, чтобы не привлекать к себе внимания, принялась тянуть ее на себя. Шаг, другой, третий, и вот она уже в безопасности...ай!

Почуяв неладное, парень в два прыжка достиг закрывающейся двери, рванул ее на себя и нанес мгновенный жалящий удар стилетом. Длинная, узкая, сверкающая молния просвистела у ее уха, лишь чудом его не отхватив. Не дожидаясь, пока ее изрубят в рагу, Джессика отпустила дверь и с визгом помчалась вверх по лестнице.

На ее дикие крики на площадку второго этажа выбежали сразу двое мужчин со шпагами. Увидев их, убийца предпочел ретироваться. Его исчезновение было столь стремительным, что Джессике на мгновение показалось, что все это происходит в дурном сне.

Колени ее задрожали. Как подкошенная, Джессика рухнула на ступеньки, жадно хватая воздух ртом.

- В будущей жизни я хочу быть цветочком,- прошептала она, хватаясь за голову и изо всех сил сжимая гудящие виски,- кактусом в горшке, паучком, камушком – все равно, лишь бы подальше от всех этих передряг!..

Глава тридцать шестая.

- Что ж ты в Константинополь не сбежала со своими?- ответил ей неласковый женский голос.- Ладно, можешь не говорить, я и сама знаю. В бандита втрескалась в этого краснопузого... А ему, вишь ты, и не надо. У него революция на уме. До игрищ ли тут, когда кажный день расстрелы!

Джессика подняла голову. Ну а теперь-то она где?

- Я, знаете... знобит меня что-то. До костей пробирает,- пробормотала она, пытаясь закутаться в свой невесомый плащик.

- А ты б, барышня, все с себя поскидала, так и совсем заледенела бы. Ишь ты, вырядилась – в батист да шелка! Отходила в шелках, матушка, хватит. И платье, гляди, какое бесстыжее! Думаешь, придет твой-то? И не надейся, не заявится! А придет, уж его встречу, не посмотрю, что власть... Ты чай-то пей, пей. Ох, горе луковое!

Глотнув невкусное, едва теплое пойло, Джессика поперхнулась и закашлялась.

- Что это?

- Чай морковный, будто не знаешь,- осерчала старуха.- Чего нос воротишь? Не царское время, разносолов нету. Чем богаты, тем и рады. Пей, что дают!

Из вежливости сделав еще пару глотков, Джессика отодвинула чашку.

- Уезжать тебе, девка, надо. Твои-то где, знаешь? В Константинополе али в Париже? Чего молчишь, глазищами стрижешь? Уезжай, говорю, пока цела. Увидют, донесут, в расход пустют.

- Что?.. Куда пустят?

- Расстреляют, дурища, спаси Господи! И меня вместе с тобой к стенке поставят. Не посмотрят, что у меня сыны в Красной Армии, у большевиков, чтоб им пусто было...

Ага, скажут, старая…контру прячешь? И обеих в распыл. Ты вот что…Ты тулупчик надень, платком повяжись, да и двигай потихоньку к своим, к белогвардейцам-то. Верст семь до них топать, осилишь? Башмаки-то у тебя отменные…аглицкие, что ли? Явишься к ним, брата найдешь, уж он-то придумает, как тебя в безопасное место переправить. Беляки-то живо тебя признают – одна порода, а красных берегись – наиграются тобой, натешатся вдоволь, а потом выведут в чисто поле и – поминай, как звали. Ох-хо-хо, грехи наши тяжкие! Оставила б тебя тут, да боязно. В доме комиссары ночуют, враз пронюхают. Ну? Все поняла? Вот тебе тулупчик, давай руку-то!.. Платок завяжи. Эт, неумеха! Чему ж тебя учили, на балах плясать? Балов-то боле нету. Вот, хлеба краюшку возьми. Непропеченный, да уж какой есть. Ну, девка, с Богом! Да ты лоб-то перекрести! Значит, так…вниз по улице не ходи, там патруль конный, еще нагайками запорют. Ты дворами, слышишь? Дворами иди!

Вытолкав Джессику в непроглядную тьму, она закрыла дверь. Ледяной ветер обжег лицо, куснул за руки. Царя нет, зато есть какие-то белогвардейцы, конные патрули… Россия, что ли? Да еще в самое смутное время, в революцию!

Джессика сделала неуверенный шаг вперед. Куда идти-то? Где тут улица? Где дворы? Ночь, вечер, утро? Грязища непролазная, как и тогда, сто лет назад… Нет, идти куда-то в таких условиях – просто безумие, нужно вернуться и посидеть в тепле хотя бы до рассвета. У нее ведь даже чулок нет. Застудит себе все, что можно…лечись потом до конца жизни!

Она повернула назад, но верное направление уже было утеряно, и отыскать заветную дверь не представлялось возможным. Джессика пошарила в воздухе окоченевшими руками и, на счастье, отыскала какой-то железный столбик…перила, что ли? Цепляясь за перекладину, она взобралась по ступенькам, и в этот момент луна, проглянувшая меж рваных туч, осветила черную громадину нависшего над ней дома.

Черт, как же тут темно! Интересно, в России кто-нибудь слышал об электричестве? Это же так удобно! А пока что ей предстоит переломать себе все ноги и явиться в Нью-Йорк на костылях!..

Джессика нашарила полуоторванную ручку, толкнула дверь вперед, и вошла в подъезд мрачного чужого дома. Ох, ну и вонь! Похоже, уборными здесь тоже не пользуются, предпочитая справлять свои надобности прямо на лестнице. Не поскользнуться бы! Конечно, в Бронксе есть местечки и похуже, но…

Она постучала в первую попавшуюся дверь, и долго ждала, пока где-то в глубине квартиры не раздадутся мерные шаркающие шаги. Старик, возникший на пороге, приподнял повыше коротенький свечной огарок, чтобы разглядеть, кто это пожаловал к нему среди ночи.

- Барышня,- охнул он, и плечи, укутанные в какую-то старую шаль с кистями, затряслись от сдерживаемых рыданий.- Барышня, Софья Константиновна…слышал, слышал, что вы не уехали…Горе-то какое! Да вы входите, милости просим!

Джессика шагнула внутрь, прошла за стариком по длинному, гулкому коридору, и оказалась в комнате, сплошь заставленной мебелью – лавка старьевщика, да и только! Здесь было почти так же холодно, как на улице, разве что ветер не дул. Пахло плесенью, мышами и старыми тряпками.

- О том, что вы в городе, мне рассказала Анна Ивановна Павловская, помните такую? Я был уверен, что она перепутала, обозналась, но нет, все верно… Почему же вы не уехали, Софья Константиновна, шальная вы головушка? Зачем остались? Дворянке не место среди хамов и матросни…Хотите чаю? У меня есть сахарин…Да что с вами, барышня?

- Я ничего не помню,- сказала она, опускаясь на диван как бы в припадке слабости.- Ничего! Ни своего имени, ни кто я такая, ни какой теперь год…Почему нет света? Почему у вас такой холод?

- Ничего не помните?- испугался он.- Но позвольте, вы ведь пришли сюда, в отчий дом – вы жили здесь с родителями, семьей…нет?..

- Нет,- покачав головой, открестилась от всего Джессика.- Дело в том, что я американка, мои родители давным- давно умерли, и меня воспитывал старший брат по имени Дастин.

- Бедная, бедная девочка!.. Невозможно представить, что довелось вам пережить за все это страшное время. Революция может свести с ума и более сильных людей…вас же, Софья Константиновна, ее дыхание просто опалило как нежный оранжерейный цветок. Ах, какое несчастье! Какое несчастье!..

Вдалеке вновь кто-то поскребся в дверь. Сделав Джессике знак молчать, старик отправился поглядеть, кто еще завернул к нему на огонек – вечер выдался неожиданно многолюдным.

Глава тридцать седьмая.

Спустя минуту он вернулся, совершенно расстроенный и смущенный. Следом за ним вошла девушка – точная копия Джессики, как та и предполагала. Единственное отличие было в ее поразительной, неестественной худобе.

Стащив с затылка платочек, она обнажила коротко стриженую голову, детскую беспомощную шейку с выпирающими косточками, обтянутые шелушащейся кожей скулы…Надрывный кашель сотрясал ее тело, и Джессику насквозь пронзила жалость.

- Ох, Петр Кузьмич…вы уж извините, что я к вам без приглашения,- выдохнула она, справившись наконец с кашлем.- деваться-то мне некуда…К Вере Ильиничне было сунулась, так она на меня руками замахала, закрещивать начала, словно я не живой человек, в дух бесплотный…а-ах!

Разглядев, наконец, в Джессике свои черты, она шарахнулась в сторону. Старик беспомощно развел руками.

Позже все трое пили чай с сахарином и хлебом, отданным Джессикой в общий котел. Софья, чуть отогревшаяся, рассказывала свою историю, и голос ее подрагивал в отчаянных попытках сдержать слезы:

- Мои-то, поди, и не догадываются, что я еще жива. Да я и сама не верю. После тифа-то! На полустанке каком-то безымянном с поезда спрыгнула, сказала, за кипятком пойду, а сама за станцией спряталась, слезы глотаю, гляжу вслед вагону-то нашему…и папенька там, и маман, и Оля с Наденькой. А Гриша не поехал. Он русский офицер, куда ему без России-то…Не поехал. И Алешеньку клял…отступник, говорит, предатель, опозорил товарищей. В корпусе восемь лет вместе, а как революция, так в большевики подался, а ведь они всю семью его вырезали. И мне строго-настрого запретил его поминать…Алешеньку-то…А я ведь здесь из-за него осталась. Из-за него… Год искала, Петр Кузьмич. Год! Он Ленина охранял, теперь вот ротой красноармейцев командует…а я в теплушке вшей подцепила. А с ними тиф…не знаю, уж, как выкарабкалась. Господь помог… Гриша нашел меня…отбил…расстреливать выводили, а тут его отряд…уж он ругался-ругался, а потом голову мою руками обхватил, да как заплачет!.. Плакал надо мной, как над покойницей, зубами скрипел, а потом взял да и проклял…Алешеньку-то…Сказал, что отправит в Киев первым же поездом, приказ адъютанту дал, чтоб следовал за мной неотступно, иначе сбегу мол. А потом бой был, и Гришу убили. Мне вольная – иди на все четыре стороны, возиться некому. Ну, я и пошла назад, в Петербург…Ночами шла, днем все больше в лесу отсыпалась. Страху-то, страху…Ягодки собирала, грибочки – невкусно без соли, да ведь другого-то ничего нет…Отряды конные видела…расстрелы…трупы, трупы…трупы…ох, не хочу вспоминать, не хочу!.. В городе …здесь…Алешеньку встретила. Случайно…Лицо у него такое – чужое, незнакомое…шрам…глаза волчьи…Совсем другой человек сделался! Я к нему, а он…он…мне, говорит, пролетарка нужна, рабочая косточка, а ты…тебя, мол, в расход нужно, за подвиги братца твоего, белогвардейской сволочи…Я в слезы. А он…с башкиркой, говорит, живу, и никто другой мне пока без надобности. А хочешь, могу и тебе запузырить – родишь большевика, хоть так Советам послужишь, не все ж вам, гады, кровь у народа пить…Я услышала, и бежать. Себя не помнила…

Лицо ее исказилось гримасой боли.

- Петр Кузьмич, я пришла к вам, потому что мне некуда деться. Помогите мне!

- Чем же я могу вам помочь?..- старик растерянно снял пенсне, повертел в руках и водрузил на прежнее место.

- В этом городе у меня, кроме вас, никого нет, а ведь вы знавали нашу семью, водили знакомство с папенькой…Умоляю вас, помогите мне уехать!!

- Но деточка…

- Умоляю!

- Софья Константиновна, да как же…Поезда отменены…разве что комиссары по своим надобностям куда поедут…да и страшно! Тут махновцы, тут еще какие-то орудуют – грабят, убивают…Да и куда ехать-то без документов?

- Почему без документов? У меня есть…вот…

- Паспорт с орлами? Да сожгите вы его в печке! Вздумаете кому показать, неприятностей не оберетесь.

- Да как же?...Где ж другой взять?

- А новых сейчас и не делают. До паспортов ли им!..

- Тогда я пешком.

- Пешком? До Киева-то? Эх, барышня!..

Повисло тягостное молчание. Отняв ладони от лица, Софтя тоскливо посмотрела перед собой.

- Значит, тут мне и погибать…

- Да что вы, Софья Константиновна, право слово! Поживете у меня, оклемаетесь немного, а там видно будет. Может, сковырнут большевиков-то!.. Жмут ведь со всех сторон! Свалят Совдепию, да и делу конец!

- Не могу я ждать. С каждым днем все хуже и хуже!.. А что, если границы закроют? Нет, Петр Кузьмич. Ждать я не могу.

- Вот ведь какая торопыга! И все сама, все-то она сама решить норовит! Вы уже однажды сделали по-своему – соскочили с поезда, и что? Лучше вам стало? Так слушайте же добрых советчиков!- осерчал старик.

- За свой прыжок, Петр Кузьмич, я уже сполна рассчиталась,- усталым голосом отозвалась Софья.- Голод, страх, мытарства, болезни, разочарование – всего полной мерой хлебнула, ничто мимо меня не прошло.

- Да разве ж это хорошо?

- Плохо. Но если бы всего этого не было, я бы в Париже от тоски и безысходности могла и руки на себя наложить,- просто ответила она.- Все думала бы, как он там без меня…Алешенька-то…

- Что ж вы теперь, Софья Константиновна, делать-то думаете?

- Отдохну немного, если позволите у вас погостить, да пойду,- скупо улыбнулась она.

- Да, Господи!.. О чем речь, барышня, живите, сколько потребуется, кто ж вас гонит!

- Может быть, за те несколько дней, что я проведу в Петербурге…

- В Петрограде, барышня, по-новому, по-революционному, в Петрограде.

- Для меня мой город навсегда останется Санкт-Петербургом,- вскинулась Софья.

- Понимаю…понимаю. Как и для всех мыслящих людей, конечно. Но все же, если мы хотим уцелеть, нужно играть по их правилам,- понурился старик.

- Хорошо. Так вот, пока я здесь, быть может, мне удастся отыскать кого-нибудь из знакомых, выправить нужные бумаги…как вы думаете?

- Софья Константиновна, милая, да вы хоть представляете себе, сколько это может сейчас стоить?! И потом, за этакие-то деньжищи выправят вам бумажку, которая нигде более не действительна. От таких документов больше вреда, чем пользы!

- Пусть так, но ведь по территории, занятой красными, я смогу с ними проехать? Потом выброшу или зашью в одежду – вдруг пригодятся, мало ли что?... Да, а сколько же это может стоить, как вы предполагаете?

- Даже помыслить не могу. Царские деньги отменены, а других у меня не водится. Счета в банках реквизированы, тайник с золотыми десятками взломан…остался я не старости лет без средств к существованию. Даже дров купить не на что! Вот, натащил к себе и в дворницкую выброшенной мебели, зимой буржуйку топить стану…Здесь и ваша мебель есть. Матросы швыряли вещи из окон, разводили во дворе костры, жгли книги, иконы…Потом ушли, опечатали двери, меня сторожем сделали. Грозили, если печати сорвут, головой буду отвечать. Следом за ними другие – печати вон, двери настежь…Орали, что расстреляют на месте за неподчинение. Ушли. Теперь ни тех, ни других – кто знает, куда их занесло, да и живы ли…Так что, Софья Константиновна, извините великодушно, деньгами помочь не смогу.

- Что же делать?

- Обратитесь к вашему красноармейцу. Думаю, у него-то…

- Нет!!- шарахнулась Софья, и неподдельный ужас заплескался в ее глазах.

- У меня есть деньги,- неожиданно вмешалась Джессика, до сего момента молча внимавшая разговору.

- Но я не могу у вас взять… я вас совсем не знаю!- беспомощно разведя руками, вздохнула Софья.- Как я смогу вернуть их?

- Не надо ничего возвращать.

- Как это не надо?! Нет, я не могу. Я не возьму у вас денег.

- Софья Константиновна, позвольте мне сказать,- вмешался старик.- На вашем месте я не стал бы отказываться от столь любезно предлагаемой помощи. Приняв эти деньги, вы сможете уехать…да и потом, пока мы живы, всегда есть способ вернуть долги! Например, вы можете написать расписку…

- Да, верно!

- Не нужно ничего писать!

- Без расписки я не возьму,- твердо сказала Софья, и, откинувшись на спинку стула, прикрыла глаза, словно отгораживаясь от соблазна.

- Хорошо,- кивнула Джессика, и, спрятав расписку в складках своей одежды, торжественно выложила на стол мешочек с монетами, который швырнула ей Мадлен.

- Что это?- заинтересовался старик, поднося к глазам блестящий кружочек.- О, Боже…Где вы это взяли?! Монеты семнадцатого века …это же чистое золото, раритет, музейная ценность!

- Эти монеты долгие годы хранились у моих предков,- отозвалась Джессика, и, в общем, не очень-то солгала.

- Не беспокойтесь, я не граблю музеи,- произнеся эту фразу, она вспомнила, что совсем недавно, несколько жизней назад, уверяла в этом Дастина.- Вы можете смело пользоваться этими монетами…наверняка, стоят они недешево.

Оставив себе пару штук, Джессика подвинула остальные к Софье.

Подняв покрасневшие, налитые слезами глаза, та судорожно сжала руки – так сильно, что побелели костяшки пальцев.

- Если мы когда-нибудь встретимся, о…клянусь, моя благодарность будет безгранична!

Она вынула из кармана сложенную вчетверо огромную царскую сторублевку и легким движением разорвала ее пополам.

- Вот…возьмите. Пока не знаю как, но это нам пригодится. Берегите ее как зеницу ока!..

Остаток ночи они зашивали золото в ее нижнюю юбку, даже не заметив, как серенькое плачущее дождем утро вползло в дом через окно. Только теперь Джессика смогла рассмотреть окружающую их обстановку.

Странная смесь роскоши и нищеты! На потолке еще сохранилась лепнина, на стенах – роспись с позолотой, но узорный паркет был истоптан и вытерт множеством ног, вместо отсутствующего стекла вставлена дощечка. Поцарапанная, испорченная, разбитая мебель когда-то, видно, была очень дорогой.

Да, революция не щадит ничего!..

Глава тридцать девятая.

Утром старик, взяв на пробу одну монету, отправился к знакомому ювелиру с тем, чтобы оценить ее стоимость. Вернулся с вытянутым лицом. Ювелир дал понять, что монета стоит намного больше, чем он в состоянии за нее уплатить, что отдавать ее в переплавку – безумие, и порекомендовал обратиться к одному коллекционеру. Удивительное дело – впервые в руки Джессики попало целое состояние, и вот она сама, по собственной воле, выпустила его из рук, и теперь с удивлением ловила себя на мысли, что ничуть об этом не жалеет.

Софья, уйдя из дома вместе со стариком, вернулась много позже. Вид у нее был расстроенный и совсем больной. Возя ложкой в тарелке кукурузной каши-размазни и поминутно роняя слезы, она рассказала, что увидела безрадостную картину. Все, кого она когда-то знала и любила, исчезли. Ближайшая подруга умерла…

Обессилев от слез, Софья легла на кушетку лицом вниз и лежала без движения. Джессика и Петр Кузьмич ходили мимо нее на цыпочках, боясь потревожить. Еще никогда и никого Джессика так не жалела в своей жизни, как эту русскую. С приходом ночи Софье стало хуже, она металась в бреду, и ее раскрасневшееся лицо казалось застывшей маской горя и глубочайшего отчаяния. Джессика то и дело меняла воду в грелках, в глубине души поражаясь этому своему невесть откуда взявшемуся альтруизму. До прибытия сюда, в прошлое, она и знать не знала о некоторых особенностях своего характера!..

К утру Софью перестало лихорадить, она задышала спокойнее и, кажется, уснула.

Джессика лежала без сна. Ее не оставляла мысль, что нужно помочь чем-то еще, нужно сделать что-то очень-очень важное…быть может, добыть Софье документы? А что тут такого? Сходить к этому, как его… к Алексею Курганову – кажется, она правильно запомнила его трудное имя. А что, мысль неплохая!

Разбудив приютившего их старика, Джессика горячим шепотом поделилась с ним своими планами, но одобрения не получила. Испугавшись неизвестно чего, старик так замахал руками, что она отодвинулась, опасаясь получить случайную плюху по физиономии.

- Боже вас сохрани, и думать не смейте! В логово, к бандитам, да по своей-то воле! Не пущу, и не просите!..

- А как же Софья?

- Да вы не сравнивайте Софью с собой, барышня! Да вас в платок замотать, сажей испачкать, и все равно любой скажет, каких вы кровей! Гладкая, да сытая…понятно, дворянка! А с дворянами у них как? К стенке, да и вся недолга! Шутки изволите шутить?! Гражданская война, барышня!..

- Война! Война!- ответила ему Джессика на незнакомом, лающем языке.

Глава сороковая.

Она сидела в каком-то ресторане, стол перед ней был уставлен опорожненными бутылками пива. Ее собеседник, масляный, круглый мужичок в военной форме, курил трубку, удивительно не подходившую к его облику.

Судя по всему, они оба уже порядочно захмелели, вот только у Джессики была абсолютно трезвая голова. Ну, и что приготовила для нее судьба на этот раз?.. Она почувствовала сильное разочарование – теперь-то ей наверняка не узнать, как сложится судьба этой русской…что он там бормочет, этот недомерок?

- Итак, фрау Таубенбергер, свою часть соглашения я выполнил. Тот, о ком вы просили, на свободе. Женщина отправлена в концлагерь. Я дал ход одному анонимному доносу…подозреваю, авторство принадлежало вам, дорогая. Деньги я получил, согласен, но… это еще не все.

- Чего ж вам еще?

- Дорогая Хелен, неужели вы забыли вторую часть нашего договора?- прищурился он, став на мгновение похожим на маленького хищного зверька – хорька, циветту…

- Нет, но мне хотелось бы знать, правильно ли вы его поняли,- стараясь разрядить обстановку, она мило улыбнулась.

- Что ж тут непонятного? В случае удачи вы клялись раздвинуть передо мной ваши божественные ножки…так или нет? Сознаюсь, что для меня перспектива обладать вами не менее привлекательна, чем та сумма, что вы столь щедро отстегнули за освобождение своего любовника. Ведь он ваш любовник, этот Отто Мюллер? Сознайтесь, плутовка!..

- Я не отказываюсь от моего обещания погасить все долги,- выбрав из своего арсенала самую обольстительную улыбку, Джессика с содроганием положила ладонь поверх короткопалой волосатой лапы своего не в меру агрессивного поклонника.- Я непременно расплачусь с вами, мой дорогой, но…не сегодня.

- Почему?

- У меня месячные,- после секундной заминки, выпалила она.

С минуту посидев неподвижно, мужчина прижал ладонь ко лбу и расхохотался, крупно вздрагивая всеми своими тремя подбородками.

- Вот так причина для отказа! Видно, все женщины одинаковы. Моя жена, Магдалена, использует эту отговорку по три раза в месяц. В остальные дни у нее болит голова.

Как я ее понимаю, подумала Джессика, благоразумно остерегаясь произнести это вслух.

- Вы, кажется, склонны подвергать сомнению мои слова?- холодно поинтересовалась она вместо этого, но увы!- ее собеседник отнюдь не принадлежал к числу нежных натур, способных смутиться подобной малостью.

- Вы хоть понимаете, девочка, что в ваших интересах ускорить это интимное свидание? Кто знает, кому из ваших хороших знакомых может грозить опасность на сей раз! Вам выгодно иметь меня в союзниках…Не понимаю, чего ради вы тянете волынку?!

- Дело в том, мой друг, что вы не учли некоторых особенностей женской физиологии,- с невозмутимым видом заявила она.

- Что-что?!..

- Я тоже хочу получить удовольствие от встречи с вами.

- Ты получишь его, смею заверить,- самодовольной усмешкой пообещал он.

- О да, разумеется, только не теперь, когда внутри меня сплошная открытая рана, подверженная внедрению разных инфекций!..

Хорошо иногда просматривать медицинские статьи в дамских журналах, удовлетворенно подумала Джессика, изучая его выпученные от изумления глаза.

- Черт побери, я и не думал…

- Через два-три дня я в вашем распоряжении, а пока…

- А пока, дорогая Хелен, вы могли бы подарить мне ваше расположение другим способом.

Жирная свинья, он продолжает настаивать!..

- Например?

- Вы женщина, вам и решать.

-Послушайте, любезный,- перегнувшись через стол, Джессика пытливо глянула в ускользающие лживые глаза своего визави.- Мы договорились, что я верну вам долг и, может быть, выплачу проценты…но я не собиралась брать вас на содержание, извините!

Он вновь рассмеялся.

- Вы остроумная женщина, фрау Таубенбергер. Должно быть, наш короткий, но яркий роман запомнится мне на долгие годы. Итак, красавица, вы победили, я даю вам три дня, но больше – никаких отговорок!.. в четверг вечером я у вас. Это будет незабываемая ночь, дорогая. Боюсь, вам придется покупать новую мебель, кровать уж безо всяких сомнений!..

Потрепав ее по щеке, он вышел, и в кабинет, где они сидели в уединении, проникли звуки скрипки, гул голосов и стук вилок и ножей о фарфоровые тарелки. Портрет Гитлера над входом подсказал ей, куда она попала на сей раз. Час от часу не легче! Теперь ее, значит, зовут Хелен- как-то-там, и она пишет доносы на людей!..

Облачившись в свой непрезентабельный тулупчик, Джессика прошла к выходу, стараясь держаться непринужденно, и все же обратив на себя внимание всех присутствующих. Очень к месту вспомнился совет одного кутюрье, она только не помнила, чей именно – ты можешь надеть все, что угодно: рвань, старье, линялые вытертые джинсы, и выглядеть сногсшибательно, если внутри ты чувствуешь себя королевой…ну, что-то в этом роде. Она ничем не хуже всех этих расфуфыренных белокурых баб с кукольными личиками и взбитыми надо лбом кудряшками…да что там, она лучше их всех, вместе взятых!

Улица поразила ее обилием флагов со свастикой – пугающая красота, зловещая нарядность…Репродукторы орали хриплыми голосами, истошные вопли сменялись бравурными маршами – казалось, жители города должны попарно маршировать по тротуарам, но нет, они торопливо перебегали дорогу и, не поднимая глаз, устремлялись дальше. По улицам катили смешные черные машинки, напоминающие жуков – теперь это антиквариат, стоящий кучу денег…ой!

Впереди двое патрульных проверяли документы, и Джессика, во избежание неприятностей, свернула в аптеку, весьма кстати оказавшуюся поблизости.

Да уж, теперь, похоже, она влипла по-настоящему. Оказаться в воюющей стране без документов и в карнавальном костюме черт - те какого века – да ее мигом загребут в гестапо и станут пытать, выясняя, на кого может работать такая дура, обвинят в шпионаже и расстреляют без суда и следствия…они ведь фашисты, от них всего можно ожидать!..

Она притаилась у окна, дожидаясь, пока военные пройдут. Сухопарая немка за стойкой с неодобрением следила за ее манипуляциями.

Виновато улыбнувшись, Джессика пожала плечами и получила в ответ неопределенную кислую гримаску.

- Фрау желает избежать неприятной встречи?

- Да. Там, на улице, жена моего любовника,- пояснила Джессика, и лицо аптекарши окаменело.

- Вашего…любовника?

- Ну да. Знаете, что это такое? Пиф-паф, и у вас оргазм. Вы помните свой последний оргазм?

Лицо немки пошло свекольными пятнами.

- Позвольте напомнить вам, разговорчивая фрау…Страна переживает тяжелые времена, идет война, на фронтах гибнут лучшие люди, а вы, и такие как вы, упорно продолжаете жить своими отвратительными страстишками!

Щеки ее затряслись от гнева, и Джессика поняла, что разбудила вулкан. Нужно было бы прикусить свой болтливый язык, не злить ее больше, но искушение было слишком велико, и она не сдержалась.

- Держу пари, вы умираете от зависти!

- Я вызываю патруль!!- сорвалась с места аптекарша, и Джессика, не придумав ничего лучше, подставила ей ножку.

Немка повалилась на пол, как срубленное дерево, стукнулась лбом о какой-то выступ и отключилась. Теперь нельзя было терять ни минуты.

Выпотрошив упаковку с бинтами, она ловко спеленала поверженного противника по рукам и ногам. Под руку попался рулончик ваты, и Джессика соорудила из него отличный кляп.

Ее заботами немка стала похожа на мумию, старательно подготовленную к захоронению. Оставить ее на открытом месте было бы безумием, поэтому Джессика, напрягая все свои силы, поволокла прятать плод своих трудов под прилавок.

Глава сорок первая.

...Она как раз проверяла, плотно ли сидит кляп, когда услышала над головой осторожное покашливание.

Джессика подпрыгнула, словно ее кольнули шилом в зад. Аккуратненький старичок в старомодной шляпе, так некстати потревоживший ее покой, рассыпался в извинениях и попросил лакричных пастилок.

Видел или нет, мучительно размышляла она, черпая лопаткой липкую дрянь из пузатой банки. Может, стоит и ему засветить по башке – так, на всякий случай? Один покойник или два – какая, в сущности, разница?..

- Фройляйн – новая служащая фрау Зильбер?- ему пришлось повторить вопрос дважды, прежде чем до Джессики дошел его смысл.

- О нет, нет, я всего лишь одна из ее покупательниц. Так сказать, постоянная клиентка. У фрау… Как ее? Зильбер, точно…внезапно разыгралась диаррея. Сильнейший приступ, знаете ли. Понос, страшный понос, понимаете? Она едва успела крикнуть, чтобы я присмотрела за всей этой аптечной лабудой и помчалась на горшок. Что ж, ее можно понять…Хотите ее дождаться?

- Пожалуй, нет,- старичок засеменил к выходу.

Остановившись на пороге, он обернулся, бросил на Джессику опасливый взгляд, глаза их встретились, и незадачливый покупатель выскочил вон как ошпаренный.

Повинуясь мгновенному импульсу, она кинулась следом, и к своему ужасу обнаружила, что мерзкий старикашка поспешает прямиком к патрулю.

Нырнув обратно в аптеку, она захлопнула за собой дверь и повернула ключ в замке. Спеленутая аптекарша зашевелилась, гневно что-то мыча, но Джессика даже не посмотрела в ее сторону.

Если здесь отсутствует второй выход, ее ждут большие неприятности! Вихрем пролетев через аптеку, она ворвалась в подсобное помещение, сплошь заставленное причудливыми бутылками с микстурой, и - о, счастье!- обнаружила дверь, ведущую на другую улицу.

На крючке, вбитом в стену, висели пальто и шляпка неприметного грязно-коричневого цвета. Решение пришло мгновенно – сбросив свой тулупчик, она торопливо облачилась в чужое пальто, нацепила на голову неожиданно кокетливую крохотную шляпку-таблетку с негустой вуалью, и чуточку сдвинула ее на лоб. Черт, до чего же неудобно смотреть на мир сквозь эту москитную сетку!

С внешней стороны задергали ручку двери, и Джессика в панике кинулась спасаться. Заперев аптеку и невероятным усилием воли обуздав свой страх, она заставила себя с абсолютно безмятежным видом пойти по улице. Одежда, такая же, как и у встречных женщин, прибавляла уверенности. Вот если бы еще спрятать под пальто этот нелепо торчащий хвост от платья…ну да ладно, не все сразу.

Она шла вперед без всякой определенной цели. В гостиницу без документов не пустят, нечего и соваться, это тебе не средневековые трактиры. Шляться по улицам тоже небезопасно. Если ее остановит патруль, что она скажет?

Желая обдумать сложившееся положение, она свернула в церковь, и расположилась за колонной, чтобы никому не мозолить глаза. Спустя две-три секунды Джессика, еще не успев отдышаться, была атакована молодым человеком с горящими глазами – он возник неизвестно откуда, примерно так, как выскакивает чертик из табакерки.

Приглядевшись, она узнала любовь всей своей жизни, а узнав, не смогла удержаться от радостного возгласа.

- Я вижу, Хелен, ты приехала гораздо раньше намеченного срока,- он говорил, почти не разжимая губ,- как раз вовремя, чтобы удержать меня от безумных поступков…но ты просчиталась!..

В ребра ей уперлось что-то твердое, похожее на ствол пистолета. Ничего себе, рандеву!

- В чем дело? Что? Что такое?!- чуть громче, чем следует, забормотала она, и парень с размаху запечатал ей рот ладонью.

- Думаешь, я не догадываюсь, по чьему доносу Одетт де Бриссак упрятали в лагерь? А ведь она только наполовину еврейка, ее отец – француз, и никто, никто не догадывался, что за типичным именем кокетливой юной парижанки скрываются еврейские корни! Но ты знала. Ты точно это знала! Пользуясь своими связями, ты подняла документы Одетт, чтобы потом написать на нее донос и разлучить нас навеки! В то самое время, когда гестапо пришло забрать ее, я сидел в тюрьме по нелепейшему, гнуснейшему навету…по обвинению в уклонении от воинской службы! Удивительно, что это случилось одновременно, не так ли? Ты приложила к этому руку, Хелен, я это чувствую… во всем прослеживается твоя злая воля! Ты знала, что я никому не позволю увести ее, что я стану драться, как лев, ввяжусь в перестрелку…но ты не хотела увидеть меня мертвым, и решила загодя нейтрализовать возможное препятствие. О, ты все продумала до мелочей… тебя не остановил даже тот факт, что вы с Одетт учились вместе в школе! Ревность…слепая ревность руководила тобой! На что ты рассчитывала, затевая эту авантюру, на что, говори?! Молчишь?.. Тогда скажу я. Ты думала, что на войне случается всякое, что твой муж вполне может сгинуть в этой мясорубке…а раз так, то и моей невесте жить незачем. К концу войны мы оба будем свободны, как ветер, и сможем пожениться…мой Бог, как могут столь коварные замыслы рождаться в человеческих душах!..

Он вдавил револьвер так, что у нее затрещали ребра. Джессика охнула.

- Ничего. Ничего. Скоро все кончится. И для тебя, и для меня. Для нас обоих,- отрывисто чеканил он, и капли пота блестели на его висках.

-Послушай… неужели ты застрелишь меня прямо в церкви?- холодея, спросила она.

Какой неожиданный поворот!..

Какой нелепый конец уготовала ей судьба!

- Здесь ближе к Богу,- мрачно ответил он.

- Пусть так, но ведь это не решит твоих проблем.

- Что?..

-У меня есть возможность вернуть Одетт обратно.

-Лжешь!

- Перед лицом смерти не лгут.

- Вернуть обратно? Да как ты это сделаешь? Адская машина запущена…и Одетт, бедняжка, уже попала в ее жернова! Разве она сможет выбраться?

- Это мое дело. Несколько звонков нужным людям, две-три встречи, некоторая сумма денег…

- Я не верю тебе, Хелен! Не верю!- простонал он, блуждая глазами по сторонам.

- Другой возможности у тебя не будет,- да и у меня тоже, проглотив конец фразы, подумала Джессика.

- Ради спасения Одетт я готов ухватиться за соломинку…но ведь ты лжешь, я почти уверен. Блефуешь, чтобы сохранить свою шкуру!

- Чушь! Что может быть лучше для женщины, чем умереть в крепких объятиях любимого человека,- слукавила она, и парень тут же разжал хватку.

На лице его крупными буквами написалось отвращение.

- Хорошо,- взяв себя в руки,- процедил наконец он.- Сейчас мы пойдем к тебе, и ты в моем присутствии сделаешь нужные звонки.

- Ты что, такие вопросы по телефону не решаются!

- Не считай меня идиотом…разумеется, не решаются!- вспылил он.- Назначишь встречу на самое ближайшее время, и я тебя туда отконвоирую. Но предупреждаю, Хелен!.. Если ты!.. Что-нибудь!.. Пристрелю и тебя, и твоего продажного мерзавца из гестапо.

- Хорошо, хорошо, – торопливо согласилась Джессика, понимая, что человека с пистолетом лучше не раздражать, он и так на взводе.

Итогом ее покладистости стал хрупкий мир, на время воцарившийся между ними.

Решительно подхватив пленницу под руку, парень вывел ее из церкви, нежданно-негаданно ставшей западней.

На улице она замялась, не представляя себе, куда идти и в какую сторону поворачивать.

- Вздумаешь позвать на помощь, пристрелю,- прошипел он, склоняясь к ее уху – очевидно, по-своему истолковав ее колебания.

- У меня закружилась голова,- захныкала она, сделав плаксивое лицо,- веди меня, ты же знаешь дорогу!

- Я предпочел бы забыть ее навсегда!- отчеканил он.

Остаток пути странная пара проделала в молчании.

Затевая эту авантюру, Джессика рассчитывала, что сумеет как-нибудь отделаться от своего спутника по дороге, но чудо не произошло, и он без помех довел ее до дома.

Обычный трехэтажный многоквартирный дом, неразличимый среди ближайших своих собратьев...а Джессике почему-то казалось, что Хелен живет в роскошном особняке.

Отто предупредительно распахнул перед ней входную дверь. Джессика шагнула в подъезд с мраморными полами. Так, ну и где же она живет?..

Глава сорок вторая.

Ее томило неприятное ощущение, что утекают последние мгновения, назначенные ей на этой земле. Сейчас, вот сейчас он выстрелит, разозленный ее бестолковым топтанием у стены, а уж отсутствие ключей от квартиры будет воспринято как новое изощренное издевательство и затягивание времени.

Наверху, над их головами, хлопнула дверь. По лестнице вниз посыпались торопливые шаги, умолкшие на площадке между первым и вторым этажом.

Отто и Джессика одновременно подняли головы. В нескольких шагах от них стояла белокурая женщина в военной форме. Ее талию перепоясывал широкий ремень, на котором висела кобура с пистолетом. Стройные ноги были обуты в лаковые лодочки на шпильках и затянуты в тончайшие фильдеперсовые чулки. Впечатление портило лишь выражение лица – надменное, холодное...настоящая рыбья морда, самокритично отметила Джессика.

Глаза вновь прибывшей фрау метали молнии, рот искривился. Отто в растерянности переводил глаза с одной женщины на другую, силясь понять, что же здесь происходит.

Хелен Таубенбергер не разделяла его недоумения. Для нее все было предельно ясно.

- Отлично! Отлично!- голос ее звучал отрывисто, как собачий лай,- стоило избавиться от одной проститутки, как ты тут же подобрал ей замену! Какого черта ты тащишь в мой дом эту тварь? Хочешь показать, что я для тебя ничего не значу?!..

Она сорвалась на крик. Полагая, что стала лишней, Джессика повернулась, чтобы скрыться под шумок, но тут свет упал на ее лицо, и Хелен буквально захлебнулась от ярости.

- Ах, вот оно что! Ты нашел на панели мою точную копию? Хочешь сказать, что таких как я в Берлине пруд пруди? Ну, и какова она в постели? Ты ведь уже переспал с ней, верно? А может быть, нам обеим лечь к тебе в постель?!! Какого черта мне понадобилось рисковать, вытаскивая тебя из тюрьмы...я подставляла собственную шею, ты это хоть понимаешь? И все для того, чтобы тебя признали больным, не отправили на

Восточный фронт, дали возможность и дальше малевать свои картинки...так вот, значит, какова твоя благодарность?! Сидел бы в камере , и всем было спокойнее!

-Заткнись, заткнись, мегера!- заорал Отто, покраснев от натуги. За его спиной щелкнул замок, и в дверь, придерживаемую цепочкой, выглянуло старушечье лицо, обрамленное подсиненными кудряшками.

- Фрау Таубенбергер, у вас все в порядке? Может быть, стоит вызвать поли...а-ах!..

Никто не успел заметить, как Хелен выхватила пистолет. Бах! – и пуля с треском вошла в дверь у самого уха надоедливой соседки, мигом отпрянувшей назад.

Бах!! Следующая пуля впилась в стенку над головой Джессики. Взвизгнув, она кинулась к выходу. Бах, бах!.. она кубарем выкатилась в дверь. Способность соображать вернулась не сразу, а когда вернулась, Джессика обнаружила, что Отто, бегущий впереди, тащит ее за собой за запястье. Сзади не было слышно ни топота, ни криков – оглянувшись на бегу, она увидела, что Хелен их не преследует.

- Пусти!- пропыхтела она, пытаясь вырваться.- Пусти же!

Отто остановился так резко, что она ткнулась носом в его спину.

- Нич-че-го не понимаю! Так вы не Хелен? Зачем же вам потребовалось ломать комедию – там, в церкви?- обернувшись через плечо, спросил он.

- Да чтоб ты не пристрелил меня на месте, балда! Вспомни, ты был в таком состоянии, что, начни я от всего отпираться, прикончил бы меня не раздумывая!

- О, Господи, верно!.. Прошу вас простить мою несдержанность. К вам, фройляйн, эта история не имеет ровно никакого отношения.

- Я подскажу, как ты можешь загладить свою вину,- скупо улыбнулась Джессика.- Дай мне приют на пару дней. Так получилось, что я оказалась тут у вас без документов. К тому же, у меня здесь нет ни одного знакомого человека, кроме тебя и Хелен, но у нее, сам понимаешь, остановиться я не могу. Ты мой должник, так что это будет справедливо. Ну как? Договорились?

- Да, но...

- Послушай, всего день или два. Думаешь, мне очень хочется торчать здесь?

- Хорошо. Идемте. Только...

- Ну, что там еще?

- У Хелен имеются ключи от моей квартиры.

- Да, это осложняет дело. Если она вломится туда с пистолетом наперевес, у еас появятся большие проблемы.

- Забаррикадируемся шкафом,- пошутил он.

Улыбка вышла невеселой, но Джессика обрадовалась и ей. Взяв Отто под руку, она зашагала рядом с ним, и он был вынужден немного сдерживать темп, соизмеряя свои шаги с ее походкой.

Квартира, где жил Отто Мюллер, располагалась несколькими кварталами дальше. Средних размеров, довольно неухоженная холостяцкая берлога на последнем этаже, поразила Джессику обилием книг. Книги, книги, книги…они громоздились стопками на полу, на столе, а многочисленные книжные полки, развешанные по стенам, стонали и прогибались под весом огромных фолиантов, тисненых золотом и покрытых слоем благородной пыли. На стене, со спокойным достоинством взирая на весь этот кавардак, висел портрет большеглазой темноволосой девушки.

Одетт, ну конечно!.. Холст, масло…интересно, кем написана эта картина? Неужели самим Отто?

Она вгляделась в подпись. Да, так и есть. А вот портретов Хелен что-то не видно.

- Зачем же ты связался с ней?- спросила Джессика, и Отто едва не разлил свежезаваренный кофе, сразу и безо всяких уточнений поняв, о ком идет речь.

- Не знаю. Как-то на вечеринке…не знаю. Еще до войны. С тех пор у меня нет ни минуты покоя. Она присосалась ко мне, как пиявка - следит за мной, пытается контролировать каждый шаг…и вот, к чему это наконец привело! Одетт в концлагере, моя жизнь разрушена…если она умрет, я не переживу! Я не переживу, клянусь!..

- Но в чем ее вина? В чем ее обвиняют?

- Ее единственная вина в том, что она рождена от еврейки-матери, и значит, сама является еврейкой. В нашей стране нет худшего греха…

- Тогда нужно найти способ вызволить ее оттуда!

- Это невозможно! Нужны деньги, связи, а у меня…у меня ни того, ни другого.

- С деньгами я помогу,- сказала Джессика, выкладывая из кармана украденного пальто конверт с перевязанными ленточкой купюрами – вероятно, аптечной выручкой за несколько дней.

- Вы шутите?

- Нисколько.

- Нет, я о том, что здесь ничтожно мало!

- Оу!- опешила Джессика.- Я здесь недавно, и пока плохо разбираюсь в ценах…Говоришь, этого мало? Хорошо. Возьми в придачу вот эти две золотые монеты. Хотела приберечь их для себя, да видно, не судьба. Ну, что ты так смотришь? Бери, раз дают, да смотри, не продешеви, это семнадцатый век. Думаю, теперь тебе хватит. Осталось только найти нужных людей.

- Да где?!.. Где я возьму этих людей?!!- завопил он, хватаясь за голову.

- Хватит ныть!- гаркнула Джессика, стукнув ладонью по столу с такой силой, что в буфете звякнула посуда и на скатерти подпрыгнули серебряные чайные ложечки.

- Послушайте, фройляйн, я художник. Все мои знакомства – исключительно богемная среда…У меня нет друзей в гестапо!

- Придется напрячь мозги и поискать, иначе Одетт погибнет,- жестко отчеканила гостья, понимая, что иначе этого нытика в чувство не приведешь.

- О, боже!.. Боже!

- Попробуй вспомнить знакомых своих знакомых- Берлин маленький город, и выход непременно найдется…только не ной! Не ной, терпеть этого не могу!..

- Ох, ну хорошо…я попробую…

- Советую пробовать энергичнее, у тебя мало времени,- напомнила Джессика, что вызвало новый залп стенаний.

Оставив Отто сидеть в тягостной задумчивости за столом, она отправилась путешествовать по остальным комнатам. Миновав спальню, попала в мастерскую со стоявшим посреди мольбертом. В углу была свалена куча испорченных холстов, стены увешаны пейзажами – и если верно утверждение, что художник вкладывает в свои творения душу, у Отто была очень ранимая и нежная душа.

Боюсь, поставленная жизнью задача окажется для него непосильным бременем, пророчески подумала она. Из гостиной донеслись какие-то звуки. Уверенная в том, что Отто зовет ее, она поспешила вернуться.

Картина, открывшаяся ее глазам, была неожиданной, если не сказать больше. Отто Мюллер по-прежнему сидел за столом, только теперь в его руке был зажат уже знакомый Джессике пистолет. У дверей, ведущей в коридор, словно распятая в проеме, стояла смертельно бледная Хелен Таубенбергер - тьфу ты, и не выговоришь!

- Ты ведь не сделаешь этого, любовь моя,- дрожащим голосом повторяла она.- Не делай этого, умоляю!..

Поначалу Джессика подумала, что Отто целится в Хелен, но она ошибалась – он метил в себя. Уткнув ствол пистолета в грудь, он молча смотрел пустыми глазами перед собой, и отрешенность от всего земного уже оставила отпечаток на его челе.

- Я сделаю все, что ты захочешь, клянусь …Я даже вытащу эту дуру Одетт, пусть, неважно, только бы ты был жив,- бормотала Хелен, и слезы безостановочно текли по ее щекам.

Джессика успела подумать, что благодаря этим слезам ее предпоследняя оболочка перестала походить на бездушного робота с механической начинкой вместо сердца и мозгов.

Глава сорок третья.

Взгляд Хелен упал на Джессику, секунда – и ее заплаканное лицо исказилось гримасой бешенства. Да, эта женщина была страшно, патологически ревнива – в такие минуты она не помнила себя, зная лишь одно – ее предали, ей предпочли другую!

- Ты… приволок домой эту шлюху?- свистящим шепотом произнесла она, вцепляясь скрюченными пальцами в дверной косяк.- Она ходила смотреть спальню?.. Да я уничтожу вас обоих!!

В момент, когда она прыгнула вперед, метя выцарапать Джессике глаза своими острыми ногтями, грянул выстрел.

Отто повалился набок, изо рта его побежала черная струйка крови, однако, в пылу борьбы никто этого не заметил.

Сильным ударом сбив Джессику с ног, Хелен упала сверху и, не теряя ни секунды, вцепилась ей в горло своими стальными пальцами. Джессика чувствовала, что ее тело обмякает, становится зыбким, как желе. Подобно пойманной рыбе, она билась в сильных руках своего противника, считай – себя самой, но сбросить Хелен не могла.

Жилистая, тренированная, судя по - всему она была спортсменкой, к тому же вкладывала в удары всю свою ненависть к воображаемой сопернице.

Пришлось применить запрещенный прием – с трудом выпростав руку, Джессика ударила Хелен по глазным яблокам, вдавливая их внутрь, и та взвыла от боли, откатываясьв сторону.

...Пытаясь отдышаться, Джессика закрыла глаза, а когда вновь раскрыла, увидела над собой участливое лицо мощной афроамериканки в майке с надписью « Я – твоя большая американская мечта».

- Вам плохо, мисси?

- Какой сейчас год, какой год?!!- завопила Джессика, вскакивая на ноги.

- 2003-ий,- ответил кто-то из быстро сгустившейся толпы.

Народ развлекался, щелкая попкорном и с любопытством глазея на ее необычный наряд.

- Это скрытая камера, клянусь чем угодно!- суетилась какая-то девчонка с торчащими во все стороны зелеными волосами.- вы только гляньте, вы гляньте, как они одеты!

Они?.. Думая, что ослышалась, Джессика огляделась по сторонам, увидев рядом с собой то, чего никак не ожидала здесь увидеть.

Хелен тоже переместилась! Она лежала лицом вниз, но Джессике было достаточно лишь одного мимолетного взгляда, чтобы сразу узнать эту военную форму.

- Признавайтесь, у кого из вас камера!- надрывалась девица с зелеными рожками на голове.

Кто-то помог Хелен подняться, и все вдруг в панике шарахнулись в стороны – с женщиной происходило нечто странное, она старела буквально на глазах, превратившись за несколько секунд из цветущей двадцатичетырехлетней женщины в тетку неопределенного возраста, затем в неопрятную старуху с шамкающими челюстями и жиденькой паклей на голове. У нее еще хватило сил выхватить свой вальтер и выпалить в Джессику, которая с остолбеневшим видом стояла поодаль, но произошла осечка. На вторую попытку сил у постаревшей Хелен уже не осталось, и револьвер вывалился из ее ослабевших рук.

Несколько секунд, и фрау Таубенбергер стала трупом, в нос ударила нестерпимая вонь, мгновенно сошедшая на нет, ткани истончились и пропали, и на тротуаре остался лежать скелет с застывшей полуулыбкой.

Зеваки давно разбежались, кого-то вырвало, но Джессика все еще оставалась на том же месте, не в силах постичь произошедшего. Как же так, ведь Хелен только что была живым, теплым, дышащим человеческим существом, способным испытывать боль, ревность, разочарование, готовым на подлости и низость ради любви ... а теперь она превратилась в эту жалкую кучку отполированных костей!..

Кто-то мягко, но настойчиво тронул ее за плечо. Полиция.

- Ваши документы, мисс? Прошу вас проехать в участок!..

- Хорошо,- устало согласилась она, - в участок, так в участок.

Допрос длился не более часа. Джессике совсем не хотелось прослыть сумасшедшей, рассказывая направо и налево о произошедших с ней за последнее время событиях, к тому же, сначала следовало признаться в краже мобильного телефона из гостиничного номера отеля «Плаза»…зачем ворошить прошлое?

Нет, она не знает, чьи это кости. Нет, она не помнит, откуда взялось это платье. Возможно, кто-то подверг ее гипнозу? Все может быть, вот только ничего определенного она сказать не в состоянии. А в чем, собственно, ее преступление? В чем ее обвиняют?

Разумеется, им пришлось ее отпустить. Едва ступив за порог, она оказалась в медвежьих объятиях Дастина, взволнованного и разозленного больше чем обычно.

- Черт тебя побери, Джесс, где ты шлялась все это время? Балуешься наркотой? Летаешь во сне? Иначе я не могу объяснить себе твой идиотский звонок. Ну? говори, что на этот раз?!..

- Я …побывала за границей,- блаженно улыбаясь, медленно ответила она, упиваясь звуками родного языка как лучшей в мире музыкой.

- За границей? За границей?! И там что, нет телефонов?- прорычал он, тряся ее, как тряпичную куклу.

- Ты не поверишь, но их там нет,- все с той же дурацкой улыбкой отозвалась она.
- Ладно, разберемся,- угрожающе пообещал он, но Джессика отлично знала, что это показная суровость. Она не опасна.

Вышедший следом за Джессикой полицейский передал ей пакет с ее вещами – двумя массивными золотыми медальонами, долговой распиской и обрывком старинной купюры. Очевидно, золото вызвало здесь особенный интерес – его проверили на компьютере, убедились, что вещи не объявлены в розыск, и с большой неохотой вернули владелице.

Увидев драгоценные вещицы, Дастин переменился в лице.

- Ты что, и правда начала красть музейные экспонаты?.. Джесс, когда-нибудь я оторву тебе голову за все твои штучки! Отвезти тебя домой?

- Пожалуй, нет, у моего домохозяина отвиснет челюсть, когда он увидит, на какой тачке меня доставят после долгого отсутствия. Пройдусь пешком, если ты не возражаешь. А может, меня за неуплату уже выкинули на улицу?

- Не выкинули, я оплатил долги,- ворчливо отозвался Дастин, и Джессика вскинула на него недоверчивый взгляд.

- Да ну? В таком случае, ты много лучше, чем я о тебе думала. В качестве компенсации я как-нибудь расскажу тебе, где меня носило. Держу пари, ты и представить себе такого не можешь!..

Выпросив у брата двадцатку на мелкие расходы, Джессика направилась к дверям, и все присутствующие мужчины, как когда-то, чуть не свернули себе шеи, разглядывая с восхищением ее стройную фигурку и необычный наряд, но сегодня Джессике было наплевать, смотрят ей вслед или нет.

Ей предстояла встреча с Роберто – долгожданная, волнующая и пугающая одновременно. Пришла пора жить своей жизнью, остаться в стороне не удастся, отсидеться в кустах невозможно…К тому же, она просто обязана сделать все, что от нее зависит. А вдруг?..

Мелькнула трусливая мыслишка не встречаться с ним вовсе, скользнула по краешку сознания и пропала. Да разве она может позволить себе по-страусиному сунуть голову в песок и упустить свое счастье?

Поймав такси, Джессика поехала в «Плаза».

Глава сорок четвертая.

Портье за стойкой изумленно выкатил глаза, когда она, шурша своей карнавальной парчой, подошла взглянуть, на месте ли ключ от заветной комнаты.

Ключа не было – это означало, что Роберто находится в номере…если, конечно, туда давным-давно не въехал кто-то другой. Когда Джессика ступила в лифт, у нее дрожали колени. Может быть, спустя несколько минут она его увидит …ах, только бы он не сменил отель!

У двери она остановилась, оглушенная биением собственного сердца. Постучать? Ввалиться без стука? А вдруг, там все-таки живет кто-то другой, и охрана отеля сдаст ее в полицию?

- Господи, в какую же мямлю я превратилась!- простонала она, привалившись спиной к стене.

Словно в ответ на ее мольбу, дверь отворилась, и на пороге возник плотный невысокий господин с чемоданчиком – с виду нотариус или адвокат. Заметив Джессику, хватающую ртом воздух, он с обеспокоенным видом приблизился к ней.

- Вам плохо, мисс?

- Да. Внезапный приступ тошноты ... Однако, не беспокойтесь, мне уже лучше,- солгала она дрожащим от горя голосом.

Значит, Роберто здесь нет, и где искать его – неизвестно...какой ужас!

- Проводить вас до вашего номера?

Голос доносился до нее словно сквозь вату. О чем он говорит, этот парень? Джессика попыталась понять, но не сумела. Сейчас она могла думать лишь об одном – Роберто потерян для нее.

Потерян навсегда!..

На звук голосов из номер выглянула девушка, и Джессике хватило одного взгляда, чтобы узнать своего злого гения – ту, что во все века уводила у нее любимого человека. Ага, значит, Одетт здесь... получается...что ж теперь получается?..

- Нет, благодарю. Со мной все в порядке,- отказалась она от услуг вмиг отвердевшим голосом, больше всего желая, чтобы ее оставили в покое.

Кивнув головой, мужчина ушел.

Одетт, приветливо улыбнувшись на прощанье, вернулась в номер.

Приложив ухо к двери, Джессика принялась слушать, что там происходит. Голоса доносились откуда-то издалека...наверное, Роберто ждал свою невесту в спальне или джакузи.

Джессика заскрипела зубами. Острые когти ревности – неиспытанного доселе чувства – впились в ее сердце.

Не в силах дольше пребывать в неизвестности, Джессика решительно толкнула дверь. А, будь что будет, скандал так скандал, тем лучше.

Дверь подалась легко – ни скрипа, ни шороха...очень удобно для незваных гостей, таких, например, как она, мелькнула мрачная мысль.

Голос Одетт то приближался, то отдалялся – по-видимому, она расхаживала по комнате взад-вперед, и Джессика, чтобы не попасться, не нашла ничего лучше, чем молниеносно нырнуть в шкаф. Оставив щелку, чтобы не задохнуться и хоть что-нибудь услышать, она принялась подслушивать с усердием, достойным лучшего применения.

-Ну, я готов. Возьму пиджак, и пойдем,- голос Роберто, от звука которого ее душа затрепетала, зазвучал совсем рядом.

В следующую секунду он открыл именно ту дверцу шкафа, за которой пряталась Джессика.

Остолбенев от неожиданности, они молча смотрела друг другу в глаза – серьезно, без улыбок.

- Эй, ты где? Почему молчишь? У меня мало времени,- нетерпеливо напомнила Одетт, появляясь откуда-то сбоку.

На лице Джессики изобразилось смятение, и Роберто, по-прежнему не сказавший ни слова, закрыл шкаф, так и не вспомнив о пиджаке.

Судорожно вздохнув, Джессика откинулась назад. Как сквозь толщу воды доносился до нее скрежет ключа в замочной скважине. Итак, она снова пленница.

Кое-как выбравшись из своего убежища, оказавшегося, к слову, столь ненадежным, она на ватных ногах доползла до гостиной и обрушилась в кресло всем своим весом.

Роберто не выдал ее Одетт – раз, не устроил скандала – два... впрочем, он мог сначала просто растеряться, а потом, напротив, действовать с удивительной расчетливостью – Одетт незачем знать об их короткой, ничего не значащей связи, а вот полиция сможет застукать воровку прямо на месте преступления...да нет, нет, Роберто не способен на такие подлости. Конечно, он растерялся ...любой бы растерялся, обнаружив в своем шкафу нежданного визитера!

Может быть, в мыслях он уже давным-давно ее похоронил? Он ведь предупреждал, что путешествие будет опасным – оно и было опасным, взять хоть Лаймона, хоть эту истеричку Хелен...

Устроившись поудобнее, она попыталась обдумать сложившуюся ситуацию, но веки как-то сами собой смежились, дыхание стало ровным, и она даже не заметила, как задремала.

...Роберто и Одетт, рука об руку, спустились в бар и, усевшись на стулья с прямыми, высокими ортопедическими спинками, заказали себе по коктейлю.

- Так свадьба отменяется?- в пятый раз спросил он.
-
Одетт лучезарно улыбнулась, ее прямые волосы качнулись, перламутровые ногти побарабанили по запотевшему бокалу.

- Ты ведь не очень расстроен, верно? Наша помолвка была уступкой родителям, своего рода дурацкой шуткой ... тем более, что мы договорились пожениться только в том случае, если в течении трех лет не встретим кого получше. Помнишь?

- - Конечно, помню,- кивнул он.- И что? Ты встретила?

- Да-а, встретила,- лукаво протянула Одетт, прикуривая от его зажигалки.

- И кто он?

- Не он. Она.

- Оу!..

- Не будь ханжой,- скривилась Одетт,- тем более, что ты ничего в этом не смыслишь. Клянусь, это что-то особенное …такого со мной никогда еще не было. Никогда!- с жаром повторила она, и глаза ее засверкали.

- Ну да, конечно.

- Разве ты не рад за меня?- удивленно спросила она и, озорно улыбнувшись, выдохнула дым прямо ему в лицо.

- Рад. Ты даже не представляешь, до чего же я рад,- абсолютно искренне ответил он, пожимая ее смуглую тонкую руку.

- Вот как? Может быть, и ты кого-нибудь встретил?- встрепенулась она.

- Может быть,- в тон ей ответил Роберто, и девушка порывисто перегнулась через стол.

- Скажи…она красивее меня?

- Да.

- Врешь!- подскочила Одетт, и парень рассмеялся.

- Нет, я не вру.

- Ну…тогда я искренне желаю тебе удачи.

- Спасибо, детка. Думаю, удача мне понадобится.

Глава сорок пятая.

…Джессика проснулась, как от толчка. Роберто сидел напротив нее, а ведь она даже не слышала, как он вошел!.. Сколько же она спала?

- Привет,- скрывая под будничным тоном свое смущение, неловко сказала она.- Как видишь, я вернулась.

- Да. Тебе повезло,- помедлив, он добавил,- и мне, кажется, тоже.

- Тебе повезло меньше,- повинилась Джессика,- я потеряла телефон. Наверное, он выпал из моего кармана во время борьбы с этой полоумной бабой … она переместилась вместе со мной, представляешь?

- Очень жаль, - сложив кончики пальцев перед собой, безразлично отозвался ее собеседник,- признаться, я рассчитывал, что ты мне его вернешь.

- Извини,- рассерженная его напускным равнодушием, Джессика понемногу начала закипать.- Взамен я кое-что тебе привезла. Думаю, эта вещица поможет пережить горечь утраты. Вот, возьми.

Она протянула ему медальон с портретом Одетт. Щелкнув пружинкой, он несколько секунд, вглядывался в изображение.

- Спасибо.

- Думаю, теперь мы в расчете,- устало предположила она и, с трудом выбравшись из чересчур глубокого кресла, двинулась к выходу.

Вот и все.

Она уже взялась за дверную ручку, как вдруг Роберто, не вставая с места, окликнул ее по имени. Джессика обернулась, еще не осознав, к а к он ее назвал.

- Анна-Луиза?.. - медленно повторила она, не вполне доверяя своим ушам.

Упругим прыжком вскочив на ноги, Роберто пошел к ней. Джессика словно в замедленной съемке видела, как он к ней приближается: черные кожаные брюки, расстегнутая на груди белая рубашка, волосы, стянутые резинкой на затылке…

- Как ты меня назвал?- прошептала она.

Вместо ответа он вручил ей какой-то предмет, вынутый из кармана. Медальон…но это не тот медальон, который она только что ему подарила!

Непослушные пальцы с трудом справлялись с тугой пружинкой, поддерживающей крышечку. Внутри медальона Джессика увидела свое изображение …или не свое? Она знала только то, что окончательно перестала что-либо понимать.

Роберто коснулся руками ее лица, и Джессику окатила теплая волна. Вот сейчас…Сейчас он ее поцелует!..

- Одетт отменила свадьбу,- прошептал он, прижимая ее к себе.

- Ты огорчен?- испуганно спросила она, чуть отстраняясь.

- Ну что ты...наоборот, я счастлив.

- Не понимаю!.. Любовь к ней живет в твоей душе столетиями, возможно, она вообще запрограммирована в тебе на генном уровне, и вдруг... Да ведь ты шутишь! Ты смеешься надо мной!

- Ты просто не знаешь всего, вот , в чем дело.

- А именно?

- Я так ни разу на ней и не женился.

- Подожди, подожди...как это, ни разу?

- Вот так. Всегда что-то случалось. Что-то такое, из-за чего все наши с ней свадьбы расстраивались.

- И...что?

- Я всегда оставался с тобой, любовь моя, как бы тебя не звали. Я увозил тебя от ревнивых мужей, освобождал из крепостей, мог выкрасть из-под венца...

- Так значит, ты прошел тот путь первым, раньше меня?

- Да. И я понял...

- Что? Что ты понял?

- Что жить без тебя не могу,- простонал он, зарываясь лицом в ее пышные волосы.

- Постой, ничего не понимаю...так значит, наша первая встреча не была случайной?

- Конечно, нет! Ее предопределила сама судьба, но и я, сознаюсь, приложил к этому руку. Я искал тебя много месяцев – на этот раз мы родились в разных странах. Иногда мне начинало казаться, что мы так никогда и не встретимся. Чтобы ускорить поиски и внести, наконец, ясность, я направился в будущее, повидал миссис Лоретти и узнал от нее все, что было нужно. Дальнейшее ты знаешь не хуже меня. Машинка переместила меня прямиком в нужное место, и ...я оказался на улице неподалеку от тебя.

- Кого ты повидал?- ошеломленно спросила Джессика.- Ну, я имею в виду – там, в будущем?

- Тебя.

-Но ты назвал другое имя!..

- Выйдя замуж, ты взяла мою фамилию.

- Вау!.. И что я тебе рассказала?

- Ты расплакалась, вспоминая прошлое.

- Послушай, но ведь Хелен, попав в наше время...

- Знаю. Я рисковал, но рисковал сознательно. Другого выхода у меня не было. Мне повезло. К тому времени я, состарившийся, был уже мертв, а ты, моя вдова, жила вместе с детьми и внуками. Ты сама рассказала мне, какой была наша первая встреча. В награду...ты украла булавку из моего галстука.

- Похоже, я из тех, кого только могила исправит,- озабоченно пробормотала Джессика.- Боже мой, Боже...Роберто, я не могу поверить!..

- Тебе придется поверить,- нежно шепнул он, целуя ее в губы.

Э П И Л О Г.

- Джесс, черт тебя побери,- вопил Дастин в телефонную трубку,- что ты опять натворила?!! Тебя разыскивает Ассоциация каких-то чертовых наследников, эти ребята ворочают миллионными делами, а ведь тебе неоткуда получать наследство, уж это я знаю наверняка! Ты что, решила заняться подделкой документов?! Пора бы образумиться, ты замужняя дама, тебе не к лицу мошенничать!

- Дастин, я и сама ничего не понимаю...

- Не понимаешь? Все ты понимаешь!.. Когда к тебе должен явиться поверенный?

- Через час с четвертью.

- Отлично, я тоже буду. Хочу знать, что ты выкинула на этот раз. Все, еду!

Спустя час с небольшим семья была в сборе. Роберто и Джессика, как голубки, сидели рядышком на диване, Дастин огромными шагами мерил гостиную.

- Дастин, не мельтеши, ты заставляешь меня нервничать,- рявкнула наконец Джессика, и муж успокаивающе погладил ее по округлившемуся животику.

Явившийся минута в минуту, поверенный разложил на столе свои бумаги и торжественно глянул на виновницу переполоха.

- Миссис Лоретти,- сдержанно начал он,- четырнадцать месяцев назад вы передали нашей фирме бумаги княжны Ростоцкой. Эксперты-почерковеды определили, что текст расписки, без всякого сомнения, выполнен ее рукой. Согласно оставленному завещанию, вы вправе рассчитывать на возврат долга. Восемнадцать золотых монет эпохи Карла Кровавого оценены в полтора миллиона евро. Деньги хранятся в национальном Французском банке, вы можете получить их по первому требованию. Кроме того…

Дастин откашлялся.

- Кроме того,- продолжал поверенный замогильным голосом,- нашими экспертами на самой современной аппаратуре была проверена подлинность обрывка царской сторублевки, выпущенной в обращение в1887 году. Края надрыва точно совпали друг с другом. Более того…подпись на вашей части действительно принадлежит княгине Софье Ростоцкой…соответственно, ваша подпись стоит на обрывке ее купюры. Наша компания долго занималась расследованием этого дела, опасаясь мошенничества. Завещание хранится у нас много лет, сведения о нем никуда не попадали. Разумеется, мы вполне понимаем, что все это обозначает, но формального повода для отказа нет.

- Подождите, я совсем запуталась. Прошу вас, объясните мне все с самого начала.

- Извольте. Итак, княжна Ростоцкая, бежавшая из революционной России, умерла в окружении своих родных и близких в 1921 году в Париже, не имея детей и других прямых наследников. Ею было оставлено завещание из двух пунктов. С первым из них мы разобрались, по нему вам следует немногим меньше полутора миллионов евро. Второй пункт гласил отдать весь остальной капитал тому человеку, кто предъявит обрывок банкноты. Его, как известно, принесли вы.

Выдержав томительную паузу, поверенный заговорил вновь.

- Итак, вы становитесь обладательницей двадцати двух миллионов евро. Размеры основного капитала и набежавших процентов вы можете узнать у наших юристов вместе со сведениями, куда и сколько инвестировано денег. Кроме того, здесь письмо, адресованное Джессике Дэррик княжной Ростоцкой.

- Мистика!- завопил Дастин, не в силах сдержаться.

- Согласен, сэр,- печально вздохнул поверенный, протягивая письмо адресату.
На колени Джессике выпали засушенная веточка мимозы и фотография Софьи, датированная1920-м годом.

Она благоговейно развернула пожелтевшее письмо.

« Здравствуй, дорогая Джессика,- писала Софья,- не знаю, как и благодарить тебя за удивительную твою доброту – ты и представить не можешь, как ты мне помогла. Это просто чудо, что мы встретились – словно с неба ко мне спустился ангел-хранитель. Я долго думала, ходила к гадалке, даже занялась спиритизмом – как-то не верится, что в нашей встрече нет ничего сверхъестественного. Мою грудь разрывает волнение – неужели та встреча была последней? Если так, то прощай, и будь счастлива!»

Поднеся письмо к губам, Джессика поцеловала его. На глаза ее навернулись слезы.

Трое мужчин, находившихся в комнате, смотрели на нее, не отрываясь – Роберто с нежностью и затаенной улыбкой, от которой подрагивали уголки его красивого рта, мистер Райс – с сознанием выполненного долга, капельку отягченным не до конца улегшимся недоверием, и, наконец, любимый брат – с подозрением и гневом, явно подсчитывая, на сколько лет тюремного заключения тянет ее новая афера. Еще бы, ведь на нее свалилась сумма с пятью нулями!..

Джессика еще не привыкла ощущать себя богатой и не успела разобраться в своих ощущениях, но окружающие ждали от нее какой-то реакции, и она не хотела обмануть их ожидания.

- Двадцать три миллиона? Теперь я с утра до вечера буду торчать в мак-дональдсе, клянусь!..

С носа мистера Райса с шумом упали очки. Джессика откинулась на спинку дивана и расхохоталась. Когда-нибудь она научится вести себя как подобает – потом, чуть позже, когда станет матерью, может быть…Хотя, если верить рассказу Роберто, она останется прежней до самой старости.

Едва поверенный Ассоциации « чертовых наследников» шагнул за порог, Дастин с шумом и грохотом подтянул к себе стул, уселся на него верхом и, не терпящим возражений тоном приказал:

- Ну, а теперь давай рассказывай по порядку!..

Джессика вздохнула. Придется рассказывать – с полицией не поспоришь.

14.02.2003.